채
식
주
의
자

채식주의자

초판 1쇄 발행 • 2007년 10월 30일
개정판 1쇄 발행 • 2022년 3월 28일
개정판 81쇄 발행 • 2024년 11월 19일

지은이 / 한강
펴낸이 / 염종선
책임편집 / 박지영
조판 / 박아경
펴낸곳 / (주)창비
등록 / 1986년 8월 5일 제85호
주소 / 10881 경기도 파주시 회동길 184
전화 / 031-955-3333
팩시밀리 / 영업 031-955-3399·편집 031-955-3400
홈페이지 / www.changbi.com
전자우편 / lit@changbi.com

ⓒ 한강 2007, 2022
ISBN 978-89-364-3459-5 03810

* 이 책 내용의 전부 또는 일부를 재사용하려면
  반드시 저작권자와 창비 양측의 동의를 받아야 합니다.
* 책값은 뒤표지에 표시되어 있습니다.

채
식
주
의
자

한강 장편소설

창비

차례

채 식 주 의 자

*

아내가 채식을 시작하기 전까지 나는 그녀가 특별한 사람이라고 생각한 적이 없었다. 솔직히 말하자면, 아내를 처음 만났을 때 끌리지도 않았다. 크지도 작지도 않은 키, 길지도 짧지도 않은 단발머리, 각질이 일어난 노르스름한 피부, 외꺼풀 눈에 약간 튀어나온 광대뼈, 개성있어 보이는 것을 두려워하는 듯한 무채색의 옷차림. 가장 단순한 디자인의 검은 구두를 신고 그녀는 내가 기다리는 테이블로 다가왔다. 빠르지도, 느리지도, 힘있지도, 가냘프지도 않은 걸음걸이로.

내가 그녀와 결혼한 것은, 그녀에게 특별한 매력이

없는 것과 같이 특별한 단점도 없어 보였기 때문이었다. 신선함이나 재치, 세련된 면을 찾아볼 수 없는 그녀의 무난한 성격이 나에게는 편안했다. 굳이 그녀의 마음을 사로잡기 위해 박식한 척할 필요가 없었고, 약속시간에 늦을까봐 허둥대지 않아도 되었으며, 패션 카탈로그에 나오는 남자들과 스스로를 비교해 위축될 까닭도 없었다. 이십대 중반부터 나오기 시작한 아랫배, 노력해도 근육이 붙지 않는 가느다란 다리와 팔뚝, 남모를 열등감의 원인이었던 작은 성기까지, 그녀에게는 그다지 신경쓰이지 않았다.

언제나 나는 과분한 것들을 좋아하지 않는 편이었다. 어린시절에는 나보다 두세살 어린 조무래기들을 거느리고 다니며 골목대장 노릇을 했고, 자라서는 넉넉히 장학금을 받을 수 있는 대학에 지원했으며, 내 대단찮은 능력을 귀하게 여겨주는 작은 회사에서 내세울 것 없는 월급이나마 꼬박꼬박 받을 수 있다는 데 만족했다. 그러니, 세상에서 가장 평범한 여자로 보이는 그녀와 결혼한 것은 자연스러운 선택이었다. 예쁘다거나, 총명하다거나, 눈에 띄게 요염하다거나, 부유한 집안의 따님이라거

나 하는 여자들은 애초부터 나에게 불편한 존재일 뿐이
었다.

　내 기대에 걸맞게 그녀는 평범한 아내의 역할을 무리
없이 해냈다. 아침마다 여섯시에 일어나 밥과 국, 생선
한토막을 준비해 차려주었고, 처녀시절부터 해온 아르
바이트로 적으나마 가계에 보탬도 주었다. 일년간 다닌
적이 있다는 컴퓨터그래픽 학원의 보조강사로 일했고,
출판만화의 말풍선에 대사를 쳐넣는 하청일을 받아 집
에서 작업했다.

　아내는 말수가 적은 편이었다. 나에게 무엇인가를 요
구하는 일은 드물었고, 내 귀가시간이 아무리 늦어도 관
여하지 않았다. 어쩌다 함께 있는 휴일에 어딘가로 외출
하기를 청하지도 않았다. 내가 오후 내내 텔레비전 리모
컨을 쥐고 뒹구는 동안 아내는 자신의 방에 틀어박혀 있
었다. 아마도 일을 하거나 책을 읽는 모양으로 ─ 아내
의 취미라 할 만한 것은 기껏 책 읽기 정도였는데, 그 책
들이란 대부분 표지를 열어보기도 싫을 만큼 따분해 보
이는 것들이었다 ─ 끼니때에만 문을 열고 나와 말없이
음식을 만들었다. 사실, 그런 아내와 산다는 게 그다지

재미있는 일일 리는 없었다. 그러나 하루에도 몇번씩 직장동료나 친구들의 휴대폰을 울려대는 아내들, 주기적으로 바가지를 긁어 요란한 부부싸움을 벌이곤 한다는 아내들이 피곤하게 느껴지던 터였으므로 나는 감사히 여겼다.

오직 한가지 아내에게 남다르다고 할 만한 점이 있다면 브래지어를 좋아하지 않는다는 것이었다. 짧고 민숭민숭했던 연애시절, 우연히 그녀의 등에 손을 얹었다가 스웨터 아래로 브래지어 끈이 만져지지 않는 것을 알았을 때 나는 조금 흥분했었다. 혹 그녀가 나에게 무언의 신호를 보내고 있는 것인지 판단하기 위해 잠시 새로운 눈으로 그녀의 태도를 관찰했다. 관찰의 결과는, 그녀가 신호 따위를 전혀 보내고 있지 않다는 것이었다. 신호가 아니라면, 게으름이나 무신경인가? 나는 이해할 수 없었다. 볼품없는 그녀의 가슴에 노브라란 사실 어울리지도 않았다. 차라리 두툼한 패드를 넣은 브래지어를 하고 다녔다면 친구들에게 보일 때 내 체면이 섰을 것이다.

결혼한 뒤 아내는 집에서 아예 브래지어를 벗고 지냈다. 여름철에 잠깐 외출할 때면 동그랗게 돌출된 젖꼭지의 윤곽이 드러날까봐 할 수 없이 브래지어를 했지만, 일분 안에 호크를 풀어버렸다. 옅은 색의 얇은 상의나 약간 끼는 옷을 입었을 경우에는 풀린 호크가 역력히 드러나는데도 그녀는 괘념하지 않았다. 내가 나무라자, 그녀는 찌는 듯한 더위에 조끼를 겹쳐 입는 것으로 브래지어를 대신했다. 답답해서, 브래지어가 가슴을 조여서 견딜 수 없다고 아내는 변명했다. 나야 브래지어를 해본 적이 없으니 그것의 착용감이 얼마나 숨막히는 것인지 알 길이 없었다. 그러나 모든 여자들이 그녀만큼 브래지어를 싫어하지 않으리라는 것만은 확실해 보였으므로, 그녀의 과민함은 의아하게 느껴졌다.

그외에는 모든 것이 순조로웠다. 올해로 결혼 오년차에 접어들었으나, 애초에 열렬히 사랑하지 않았으니 특별히 권태로울 것도 없었다. 지난해 가을 이 집을 분양받기까지 임신을 미뤄왔으니, 슬슬 아빠 소리를 들을 때도 되지 않았나 하는 생각을 했을 뿐이다. 지난 이월 어느 새벽 아내가 잠옷바람으로 부엌에 서 있는 것을 발견할 때까지, 나는 우리의 생활이 조금이라도 달라질 수 있으리라고 상상한 적이 없었다.

*

"뭐 하고 서 있는 거야?"

나는 욕실의 불을 켜려다 말고 물었다. 새벽 네시쯤
되었나. 회식에서 마신 소주 병 반 덕분에 요의와 갈증
을 함께 느끼고 깨어난 참이었다.

"응? 뭐 하고 있느냐구?"

나는 오싹한 추위를 느끼며 아내가 있는 쪽을 보았다.
잠과 취기가 가셨다. 아내는 꼼짝 않고 서서 냉장고를
마주보고 있었다. 어둠에 잠긴 옆얼굴의 표정을 식별할
수 없었으나, 무엇인가가 섬뜩했다. 그녀의 숱 많은, 염
색하지 않은 검은 머리는 부스스하게 부풀어 있었다. 발
목까지 오는 흰 잠옷치마는 언제나처럼 끝부분이 약간
위로 말려 있었다.

안방과 달리 부엌은 꽤 쌀쌀했다. 평소라면, 추위를
타는 아내는 서둘러 카디건을 걸쳐입고 털슬리퍼를 찾
아신었을 것이다. 그러나 언제부터 그렇게 서 있었던 것
인지, 그녀는 맨발로, 봄가을까지 입는 얇은 잠옷차림으
로, 아무 말도 듣지 못한 듯 우뚝 서 있었다. 마치 냉장고

가 있는 자리에 내 눈에 안 보이는 사람이 ─혹은 귀신
이라도─ 버티고 있는 것 같았다.

뭔가. 말로만 듣던 몽유병인가.

나는 석상처럼 굳어 있는 아내의 옆모습을 향해 다가
갔다.

"왜 그래? 뭐야 지금……"

내가 아내의 어깨에 손을 얹었을 때, 뜻밖에도 그녀는
놀라지 않았다. 정신을 놓고 있었던 게 아니라, 내가 안
방에서 나오는 것, 질문, 자신에게 다가오는 것까지 모
두 의식하고 있었던 것이다. 그녀는 다만 무시했을 뿐이
다. 가끔 그녀가 심야드라마에 열중해 있을 때, 내가 귀
가하는 기척을 듣고 있으면서 무시했던 것과 같이. 그러
나 새벽 네시의 캄캄한 부엌, 사백 리터 냉장고의 희끄
무레한 문 앞에서 몰입할 만한 무엇이 있다는 것인가?

"여보!"

나는 어둠 속에 드러난 그녀의 옆얼굴을 보았다. 처음
보는, 냉정하게 번쩍이는 눈으로 그녀는 입술을 굳게 다
물고 있었다.

"……꿈을 꿨어."

그녀의 목소리는 또렷했다.

"꿈? 무슨 소리를 하는 거야. 지금이 몇시야, 대체."

그녀는 나에게서 몸을 돌려, 문이 열려 있는 안방을 향해 천천히 걸어갔다. 문턱을 넘자 팔을 뒤로 뻗어 조용히 문을 닫았다. 나는 혼자 어두운 부엌에 남아 그녀의 흰 뒷모습을 삼킨 방문을 바라보았다.

나는 욕실의 불을 켜고 들어갔다. 며칠째 영하 십도 안팎의 추위가 계속되던 즈음이었다. 몇시간 전에 내가 샤워를 했으므로, 그때 물이 튄 슬리퍼가 아직 차갑게 젖어 있었다. 욕조 위로 시커멓게 뚫린 환풍구에서, 바닥과 벽의 흰 타일들에서 냉혹한 계절의 적막감이 느껴졌다.

안방으로 돌아갔을 때, 아내가 웅크리고 누워 있는 쪽에서는 아무런 소리도 들리지 않았다. 마치 나 혼자 있는 방 같았다. 물론 그것은 내 착각이었다. 가만히 귀를 기울이자 매우 작은 숨소리가 들려왔다. 잠든 사람의 숨소리 같지는 않았다. 손을 뻗으면 그녀의 따스한 살을 만질 수 있었을 것이다. 그러나 왠지 나는 그녀를 만질 수 없었다. 그녀에게 말을 붙이고 싶지도 않았다.

*

이불 속에 누운 채 나는 잠시 현실감을 잃고, 흰색 커튼을 투과해 방 안 가득 쏟아져들어온 겨울아침의 햇빛을 멍하니 바라보았다. 반쯤 머리를 들어 벽시계를 본 순간 튀어일어나 문을 박차고 나갔다. 부엌의 냉장고 앞에 아내가 있었다.

"미쳤어? 왜 안 깨웠어? 지금이 몇신데⋯⋯"

발에 물컹한 것이 밟혀 나는 말을 멈췄다. 내 눈을 믿을 수 없었다.

아내는 어젯밤과 똑같은 잠옷차림으로, 부스스 헝클어진 머리를 늘어뜨린 채 쪼그려앉아 있었다. 그녀의 몸을 중심으로 희고 검은 비닐봉지들과 플라스틱 밀폐용기들이 발디딜 데 없이 부엌바닥에 널려 있었다. 샤브샤브용 쇠고기와 돼지고기 삼겹살, 커다란 우족 두 짝, 위생팩에 담긴 오징어들, 시골의 장모가 얼마 전에 보낸 잘 손질된 장어, 노란 노끈에 엮인 굴비들, 포장을 뜯지 않은 냉동만두와 내용물을 알 수 없는 수많은 꾸러미들. 부스럭거리는 소리를 내며 아내는 커다란 쓰레기봉투에 그것들을 하나씩 주워담는 중이었다.

"뭐 하는 거야, 지금!"

나는 마침내 이성을 잃고 고함을 질렀다. 어젯밤과 똑같이 나의 존재를 무시하며 그녀는 계속해서 고기 꾸러미들을 쓰레기봉투에 넣었다. 쇠고기와 돼지고기, 토막난 닭, 적게 잡아도 이십만원어치는 될 바다장어를.

"당신 제정신이야? 이걸 왜 다 버리는 거야?"

나는 비닐봉지를 헤치고 달려가 그녀의 손목을 낚아챘다. 뜻밖에 아내의 손목 힘은 완강해, 내 얼굴이 더워지도록 힘을 주고서야 비닐봉지를 놓게 할 수 있었다. 발개진 오른 손목을 왼손으로 주무르며, 아내는 평상시와 똑같은 침착한 어조로 말했다.

"꿈을 꿨어."

다시 그 얘기였다. 표정 하나 흐트러뜨리지 않은 채 아내는 나를 마주보았다. 그때 내 휴대폰이 울렸다.

"제기랄!"

나는 간밤 거실의 소파에 던져둔 외투를 뒤지기 시작했다. 마지막으로 뒤진 안주머니에서 자지러지는 휴대폰이 손아귀에 잡혔다.

"죄송합니다. 집안에 급한 일이 생겨서…… 정말 죄송합니다. 최대한 서둘러 도착하겠습니다. 아닙니다, 곧 갈 수 있습니다. 조금만…… 아닙니다, 그러시면 안 됩니다. 조금만 기다려주십시오. 정말 죄송합니다. 예, 드릴 말씀이 없습니다……"

나는 휴대폰 폴더를 닫고 욕실로 뛰어들어갔다. 급하게 면도하느라 두 군데 상처가 났다.

"와이셔츠 다려놓은 거 없어?"

대답이 없었다. 나는 욕설을 퍼부으며 욕실 앞의 빨래통을 뒤져 어제 던져놓은 셔츠를 찾았다. 다행히 구김이 많지 않았다. 넥타이를 머플러처럼 걸치고, 양말을 신고, 수첩과 지갑을 챙기는 동안에도 아내는 부엌에서 나와보지 않았다. 결혼 오년 만에 나는 처음으로 아내의 뒷바라지와 배웅 없이 출근해야 하는 것이었다.

"미쳤군. 완전히 맛이 갔어."

나는 얼마 전에 새로 구입해 볼이 비좁은 구두에 두 발을 구겨넣었다. 현관문을 박차고 나가, 엘리베이터가 꼭대기층에 머물고 있는 것을 확인하고 삼층 계단을 뛰어내려갔다. 막 떠나려는 지하철에 올랐을 때에야 나는 어두운 차창에 비친 내 얼굴을 보았다. 머리를 매만지고, 넥타이를 매고, 셔츠의 구겨진 부분을 손바닥으로 문질렀다. 아내의 소름끼치게 담담한 얼굴, 굳은 목소리가 떠오른 것은 그다음이었다.

꿈을 꿨어,라고 아내는 두번 말했다. 달리는 차창 너머, 터널의 어둠 위로 그녀의 얼굴이 스쳐갔다. 처음 보는 사람처럼 그 얼굴은 낯설었다. 그러나 거래처 사람에게 둘러댈 변명과 오늘 소개할 시안을 삼십분 안에 정리해내야 했으므로, 더이상 아내의 이상한 행동에 대해 생각할 여유가 없었다. 어떻게든 오늘은 일찍 들어가야겠어, 부서 바뀌고 몇달 동안 하루도 열두시 전에 퇴근한 적이 없었잖아,라고 잠깐 속으로 뇌까렸을 뿐이었다.

*

어두운 숲이었어. 아무도 없었어. 뾰죽한 잎이 돋은 나무들을 헤치느라고 얼굴에, 팔에 상처가 났어. 분명 일행과 함께였던 것 같은데, 혼자 길을 잃었나봐. 무서웠어. 추웠어. 얼어붙은 계곡을 하나 건너서, 헛간 같은 밝은 건물을 발견했어. 거적때기를 걷고 들어간 순간 봤어. 수백개의, 커다랗고 시뻘건 고깃덩어리들이 기다란 대막대들에 매달려 있는 걸. 어떤 덩어리에선 아직 마르지 않은 붉은 피가 떨어져내리고 있었어. 끝없이 고깃덩어리들을 헤치고 나아갔지만 반대쪽 출구는 나타나지 않았어. 입고 있던 흰옷이 온통 피에 젖었어.

어떻게 거길 빠져나왔는지 몰라. 계곡을 거슬러 달리고 또 달렸어. 갑자기 숲이 환해지고, 봄날의 나무들이 초록빛으로 우거졌어. 어린아이들이 우글거리고, 맛있는 냄새가 났어. 수많은 가족들이 소풍 중이었어. 그 광경은, 말할 수 없이 찬란했어. 시냇물이 소리내서 흐르고, 그 곁으로 돗자리를 깔고 앉은 사람들, 김밥을 먹는 사람들. 한편에선 고기를 굽고, 노랫소리, 즐거운 웃음소리가 쟁쟁했어.

하지만 난 무서웠어. 아직 내 옷에 피가 묻어 있었어. 아무도 날 보지 못한 사이 나무 뒤에 웅크려 숨었어. 내 손에 피가 묻어 있었어. 내 입에 피가 묻어 있었어. 그 헛간에서, 나는 떨어진 고깃덩어리를 주워먹었거든. 내 잇몸과 입천장에 물컹한 날고기를 문질러 붉은 피를 발랐거든. 헛간 바닥, 피웅덩이에 비친 내 눈이 번쩍였어.

그렇게 생생할 수 없어, 이빨에 씹히던 날고기의 감촉이. 내 얼굴이, 눈빛이. 처음 보는 얼굴 같은데, 분명 내 얼굴이었어. 아니야, 거꾸로, 수없이 봤던 얼굴 같은데, 내 얼굴이 아니었어. 설명할 수 없어. 익숙하면서도 낯선…… 그 생생하고 이상한, 끔찍하게 이상한 느낌을.

*

아내가 차린 저녁식탁은 상춧잎과 된장, 쇠고기도 조갯살도 넣지 않은 말간 미역국, 김치가 전부였다.

"뭐야. 그래서, 그 꿈나부랭이 때문에 고기를 다 버렸다는 거야? 도대체 얼마어치를?"

나는 식탁의자에서 일어나 냉동실 문을 열었다. 텅 비어 있었다. 미숫가루와 고춧가루, 얼린 풋고추, 다진 마늘 한봉지가 들어 있을 뿐이었다.

"계란프라이라도 해줘. 나 오늘 정말 피곤해. 점심도 제대로 못 먹었어."

"계란도 버렸어."

"뭐?"

"우유도 끊었어."

"기가 막히는군. 나까지 고기를 먹지 말라는 거야?"

"냉장고에 그것들을 놔둘 수 없어. 참을 수가 없어."

도대체 저렇게 자기중심적일 수가. 나는 아내의 얼굴을 똑바로 내려다보았다. 눈을 내리깔고 있는 그녀의 표정은 어느 때보다 차분해 보였다. 뜻밖이었다. 그녀에게 저토록 이기적이고 제멋대로인 구석이 있었다니. 저렇게 비이성적인 여자였다니.

"그래서, 앞으로 이 집에선 고기를 못 먹는다는 거야?"

"어차피 당신은 주로 아침만 먹잖아. 점심, 저녁에 고기를 자주 먹을 텐데…… 아침 한끼 고기를 안 먹는다고 죽진 않아."

아내는 마치 자신의 선택이 이성적이고 타당한 것이라는 듯 차근차근 답했다.

"좋다, 나는 그렇다 치고 당신은? 당신은 이제부터 고기를 안 먹겠다는 거야?"

그녀는 고개를 끄덕였다.

"그래? 언제까지?"

"……언제까지나."

말문이 막혔다. 요즘 채식 열풍이 분다는 것쯤은 나도 보고 들은 것이 있으니 알고 있었다. 건강하게 오래 살 생각으로, 알레르기니 아토피니 하는 체질을 바꾸려고, 혹은 환경을 보호하려고 사람들은 채식주의자가 된다. 물론, 절에 들어간 스님들이야 살생을 않겠다는 대의가 있겠지만, 사춘기소녀도 아니고 이게 무슨 짓인가. 살을 빼겠다는 것도 아니고, 병을 고치려는 것도 아니고, 무슨 귀신에 씐 것도 아니고, 악몽 한번 꾸고는 식습관을 바꾸다니. 남편의 만류 따위는 고려조차 하지 않는 저 고집스러움이라니.

처음부터 아내가 고기를 역겨워하는 체질이었다면 그나마 이해할 수 있었다. 결혼 전부터 아내는 식성이 좋았고, 그 점이 특히 내 마음에 들었었다. 그녀는 불판에 얹힌 갈비를 익숙한 솜씨로 뒤집었고, 한손에 집게를, 다른 한손에 큰 가위를 들고 쓱쓱 잘라내는 품이 듬직했다. 결혼한 뒤 일요일에 만들어내는 요리들도 그럴 듯했다. 다진 생강과 물엿으로 미리 재워 향긋하고 달콤하게 튀긴 삼겹살. 샤브샤브용 쇠고기를 후추와 죽염, 참기름으로 간하고 찹쌀가루를 앞뒤로 입힌 뒤 구워 마치 떡이나 전 같던 그녀만의 특별식. 다진 쇠고기와 불린 쌀을 참기름에 볶은 뒤 콩나물을 얹어 지은 콩나물비빔밥. 굵은 감자를 썰어넣은 닭도리탕은 어땠던가. 자작자작 매콤한 국물이 속살까지 배어든 그것을 나는 한자리에서 세 접시씩 비워내곤 했다.

그런데 이제 아내가 차려놓은 식탁은 무슨 꼴인가. 비스듬히 의자에 앉은 아내는 한눈에도 맛없어 보이는 미역국을 입에 떠넣고 있었다. 밥과 된장을 상추에 싸서 볼이 불룩하게 넣고 씹었다.

나는 모르고 있었다. 저 여자에 대해서, 아무것도 모르고 있었다. 갑자기 그런 생각이 들었다.

"안 먹어?"

아이를 넷쯤 낳아 기른 중년의 여자처럼 방심한 목소리로 그녀가 물었다. 내가 우두커니 서서 지켜보고 있는 것을 아랑곳하지 않은 채, 아삭아삭 소리를 내어 오랫동안 김칫대를 씹었다.

*

봄이 올 때까지 아내는 변하지 않았다. 매일 아침 풀만 먹게 되긴 했지만 나는 더이상 불평하지 않았다. 한 사람이 철두철미하게 변하면 다른 한 사람은 따라갈 수밖에 없는 것이다.

그녀는 하루하루 말라갔다. 그러잖아도 튀어나온 광대뼈가 볼썽사납게 뾰죽해졌다. 화장하지 않으면 피부가 병자처럼 핼쑥했다. 육식을 끊는다고 모두 아내처럼 살이 빠진다면 누구든 체중감량에 애를 끓일 필요가 없을 것이다. 나는 알고 있었다. 아내가 여위는 건 채식 때문이 아니었다. 꿈 때문이었다. 아니, 사실상 그녀는 잠도 거의 자지 않았다.

아내는 결코 부지런한 사람이 아니었다. 내가 늦은밤에 귀가하면 아내는 먼저 잠들어 있는 경우가 많았다. 한데 이제 그녀는 내가 자정 넘겨 들어와 씻고 잠자리에 든 뒤에도 안방으로 자러 들어오지 않았다. 책을 읽는 것도 아니고, 인터넷채팅을 하는 것도 아니고, 밤새 케이블티브이를 보는 것도 아니었다. 말풍선에 대사를 쳐넣는 작업이 그렇게 많을 리도 없었다.

그녀는 새벽 다섯시쯤 되어서야 잠자리에 들었고, 한 시간쯤 자는 둥 마는 둥하고는 짧은 신음을 뱉으며 깨어나곤 했다. 헝클어진 머리에 까칠한 얼굴, 빨갛게 금이 간 눈으로 그녀는 내 아침식탁을 지키고 있었다. 자신은 한 숟가락도 뜨지 않은 채였다.

더욱 신경쓰이는 것은 그녀가 더이상 나와 섹스하려 하지 않는다는 것이었다. 아내는 늘 군말없이 내 몸의 요구에 응하는 편이었고, 때로는 먼저 내 몸을 더듬어올 때도 있었다. 그러나 이제는 내 손이 어깨에 닿기만 해도 조용히 몸을 피했다. 언젠가 나는 이유를 물었다.

"뭐가 문제야?"

"피곤해."

"그러니 고기를 먹으라고. 고기를 안 먹으니 힘이 없지. 전에는 이러지 않았잖아."

"사실은."

"뭐?"

"……냄새가 나서 그래."

"냄새?"

"고기냄새. 당신 몸에서 고기냄새가 나."

나는 너털웃음을 터뜨렸다.

"방금 못 봤어? 나 샤워했어. 어디서 냄새가 난다는 거야?"

그녀의 대답은 진지했다.

"……땀구멍 하나하나에서."

나는 가끔 불길한 생각을 했다. 혹시 이것이 초기증상에 지나지 않는다면? 말로만 듣던 편집증이나 망상, 신경쇠약 따위로 이어질 시초라면.

그러나 그녀가 어떤 광기에 사로잡혀 있다고 보기는 어려웠다. 여느 때처럼 그녀는 말수가 적었고 집 안을 잘 정돈했다. 주말이면 나물 두어 가지를 무쳤고, 고기 대신 버섯을 넣어 잡채를 만들기도 했다. 채식이 유행이라는 것을 고려한다면 이상할 것도 없었다. 다만 그녀가 잠을 이루지 못한다는 것, 유난히 얼굴이 멍하고 무엇인가에 짓눌린 것처럼 보이는 아침에 내가 까닭을 물으면 "꿈을 꿨어"라고 대답한다는 것뿐이었다. 그것이 어떤 꿈이냐고 나는 묻지 않았다. 다시 어두운 숲속의 헛간, 피웅덩이에 비친 얼굴에 대한 얘기 따위를 듣고 싶지 않았다.

내가 들어가보지 못한, 알 길 없는, 알고 싶지 않은 꿈과 고통 속에서 그녀는 계속 야위어갔다. 무용수처럼 비쩍 마르는가 싶더니 종내에는 환자처럼 앙상한 뼈대만 남았다. 좋지 않은 생각이 들 때마다 나는 생각했다. 소도시에서 목재소와 구멍가게를 하는 장인장모, 사람 좋은 처형과 처남 부부를 보더라도 정신적 일탈의 혈통 같은 것은 어울리지 않는다고.

그녀의 집안사람들을 떠올리면, 자욱한 연기와 마늘 타는 냄새가 자연스럽게 겹쳐졌다. 소주잔이 오가며 고깃기름이 타들어가는 동안 여자들은 부엌에서 소란스럽게 이야기를 나누었다. 모든 식구가 — 장인이 특히 — 육회를 즐겼고, 장모는 손수 활어회를 뜰 줄 알았으며, 처형과 아내는 커다랗고 네모진 정육점용 칼을 휘둘러 닭 한마리를 잘게 토막낼 줄 아는 여자들이었다. 바퀴벌레 몇마리쯤 손바닥으로 때려잡을 수 있는 아내의 생활력을 나는 좋아했다. 그녀는 내가 고르고 고른, 이 세상에서 가장 평범한 여자가 아니었던가.

설령 그녀의 상태가 진심으로 의심스러웠다 해도, 흔

히 말하는 상담이나 치료 따위를 고려하고 싶지는 않았다. '그런 것들도 하나의 질환일 뿐이지, 흠이 아니야'라고 얘기하고 다녔다 한들 어디까지나 남의 일에 한해서였다. 정말이지, 나에게는 이상한 일들에 대한 내성이 전혀 없었다.

*

그 꿈을 꾸기 전날 아침 난 얼어붙은 고기를 썰고 있었지. 당신이 화를 내며 재촉했어.

제기랄, 그렇게 꾸물대고 있을 거야?

알지, 당신이 서두를 때면 나는 정신을 못 차리지. 다른 사람이 된 것처럼 허둥대고, 그래서 오히려 일들이 뒤엉키지. 빨리, 더 빨리. 칼을 쥔 손이 바빠서 목덜미가 뜨거워졌어. 갑자기 도마가 앞으로 밀렸어. 손가락을 벤 것, 식칼의 이가 나간 건 그 찰나야.

검지손가락을 들어올리자 붉은 핏방울 하나가 빠르게 피어나고 있었어. 둥글게, 더 둥글게. 손가락을 입속에 넣자 마음이 편안해졌어. 선홍빛의 색깔과 함께, 이상하게도 그들큼한 맛이 나를 진정시키는 것 같았어.

두번째로 집은 불고기를 우물거리다가 당신은 입에 든 걸 뱉어냈지. 반짝이는 걸 골라 들고 고함을 질렀지.

뭐야, 이건! 칼조각 아냐!

일그러진 얼굴로 날뛰는 당신을 나는 우두커니 바라보았어.

그냥 삼켰으면 어쩔 뻔했어! 죽을 뻔했잖아!

왜 나는 그때 놀라지 않았을까. 오히려 더욱 침착해졌어. 마치 서늘한 손이 내 이마를 짚어준 것 같았어. 문득 썰물처럼, 나를 둘러싼 모든 것이 미끄러지듯 밀려나갔어. 식탁이, 당신이, 부엌의 모든 가구들이. 나와, 내가 앉은 의자만 무한한 공간 속에 남은 것 같았어.

다음날 새벽이었어. 헛간 속의 피웅덩이, 거기 비친 얼굴을 처음 본 건.

*

"입술이 그게 뭐야. 화장을 안 한 거야?"

나는 구두를 벗었다. 검은 트렌치코트 차림으로 우두

망찰 서 있는 아내의 팔을 끌고 안방으로 들어갔다.

"그러고 나설 참이야, 지금?"

나와 아내의 모습이 화장대 거울 속에 비쳤다.

"다시 해, 화장."

아내는 조용히 내 손을 뿌리쳤다. 콤팩트를 열고 퍼프를 얼굴에 두드렸다. 뿌옇게 분이 떠, 그녀의 얼굴은 먼지를 뒤집어쓴 헝겊인형 같아졌다. 늘 바르던 짙은 산호색 루주를 잿빛 입술에 바르자 아쉬운 대로 아내의 얼굴은 환자 같은 창백함을 벗었다. 나는 안도했다.

"늦었어. 서둘러."

나는 앞장서서 현관문을 열었다. 한손으로는 엘리베이터의 버튼을 누른 채, 아내가 뭉그적뭉그적 남색 운동화에 발을 끼우는 모습을 초조히 지켜보았다. 트렌치코트에 운동화라니, 어울리지 않았지만 어쩔 수 없었다. 그녀에게는 구두가 없었다. 모든 종류의 가죽제품을 버렸기 때문이다.

시동을 걸어놓은 차에 먼저 올라타자마자 교통방송을 틀었다. 사장이 예약해놓은 시내 한정식집 주변의 교통상황을 체크하기 위해 귀를 기울이며, 안전벨트를 매고 사이드브레이크를 내렸다. 아내는 잠깐 사이 코트에 묻혀온 찬기운을 펄럭이며 옆자리에 앉고는 부스럭부스럭 안전벨트를 맸다.

"오늘 잘해야 돼. 사장이 부부동반 모임에 과장급을 부른 건 내가 처음이야. 그만큼 날 잘 보고 있다는 거야."

샛길을 이용해 최대한 서두른 덕분에 빠듯하게 약속 장소에 도착할 수 있었다. 한눈에도 고급스러워 보이는, 널따란 주차장이 딸린 이층집이었다.

늦추위가 기승을 부리고 있었다. 얇은 봄코트 차림으로 주차장 한켠에 서서 저녁바람을 맞고 있는 아내는 추워 보였다. 이곳까지 오는 동안 줄곧 아내는 말이 없었지만, 워낙 그런 사람이었으므로 나는 개의하지 않았다. 말이 없으면 좋다, 어른들은 원래 저런 여자를 좋아한다고, 나는 조금 불편했던 마음을 손쉽게 떨쳐버렸다.

사장 내외와 상무, 전무 내외가 미리 와 있었다. 부장 내외는 바로 우리를 뒤따라 들어왔다. 묵례와 웃음으로 인사를 나눈 뒤 아내와 나는 코트를 벗어 옷걸이에 걸었다. 눈썹을 가늘게 뽑고 커다란 비취목걸이를 한 사장 부인이 안내하는 대로 아내와 나는 만찬용 긴 식탁 앞에

섰다. 모두 자주 와본 장소인 듯 편안해 보였다. 용마루처럼 장식한 천장을 눈여겨보며, 돌로 만든 어항에 떠다니는 금붕어들을 곁눈질하며 나는 자리에 앉았다. 뜻없이 아내를 돌아본 순간 그녀의 가슴이 한눈에 들어왔다.

아내는 약간 달라붙는 검은 블라우스를 입고 있었는데, 두개의 젖꼭지가 분명하게 윤곽을 드러내고 있었다. 의심할 바 없이, 그녀는 브래지어를 하지 않았다. 사람들의 눈을 살피려고 고개를 돌렸을 때 나는 전무 부인과 시선이 마주쳤다. 태연을 가장한 그녀의 눈이 호기심과 아연함, 약간의 주저가 어린 경멸을 드러내고 있는 것을 나는 알아보았다.

나는 뺨이 상기되는 것을 느꼈다. 여자들끼리의 사교적인 대화에 참가하지 않은 채 멍하게 앉아 있는 아내를, 그녀를 훑끔거리는 시선들을 의식하며 나는 마음을 가다듬었다. 최대한 자연스럽게 행동하는 것만이 그 순간 내가 할 수 있는 최선 같았다.

"찾아오는 데 어려움은 없었어요?"

사장 부인이 나에게 물었다.

"예전에 지나본 적이 있습니다. 앞마당이 좋아서 한

번 들어와보고 싶은 집이었습니다."

"아, 그래요…… 정원이 참 잘돼 있죠. 낮에 오면 더 좋아요. 저 창문으로 화단이 보이거든요."

그러나 음식들이 서빙되기 시작하자, 내가 간신히 유지하고 있던 팽팽한 노력의 끈은 끊어졌다.

처음 우리 앞에 놓인 것은 탕평채였다. 가늘게 채썬 묵청포와 표고버섯, 쇠고기를 버무린 정갈한 음식이었다. 그때까지 한마디의 말도 없이 자리를 지키고 있던 아내는, 웨이터가 자신의 접시에 탕평채를 덜어놓으려고 국자를 드는 찰나 작은 목소리로 말했다.

"저는 안 먹을게요."

아주 작은 목소리였지만 좌중의 움직임이 멈췄다. 의아해하는 시선들을 한몸에 받은 그녀는 이번엔 좀더 큰 소리로 말했다.

"저는, 고기를 안 먹어요."

"그러니까, 채식주의자시군요?"

사장이 호탕한 어조로 물었다.

"외국에는 엄격한 채식주의자들이 더러 있죠. 우리나라에선 이제 좀 형성돼가는 것 같아요. 특히 요즘엔 언론에서 하도 육식을 공격해대니…… 오래 살려면 고기를 끊어야 한다는 생각을 하게 되는 것도 무리가 아니죠."

"아무리 그래도, 고기를 아주 안 먹고 살 수 있나요?"

사장 부인이 미소 띤 얼굴로 말했다.

아내의 접시가 하얗게 빈 채 남아 있는 동안, 웨이터는 나머지 아홉 사람의 접시를 모두 채운 뒤 사라졌다. 화제는 자연스럽게 채식주의로 흘러갔다.

"얼마 전에 오십만년 전 인간의 미라가 발견됐죠? 거기에도 수렵의 흔적이 있었다는 것 아닙니까. 육식은 본능이에요. 채식이란 본능을 거스르는 거죠. 자연스럽지가 않아요."

"요샌 사상체질 때문에 채식하는 분들도 있는 것 같던데…… 저도 체질을 알아보려고 몇군데 가봤더니 가는 데마다 다른 얘길 하더군요. 그때마다 식단을 바꿔 짜봤지만 항상 마음이 불편하고…… 그저 골고루 먹는 게 최선이 아닌가 하는 생각이 들어요."

"골고루, 못 먹는 것 없이 먹는 사람이 건강한 거 아니겠어요? 신체적으로나, 정신적으로나 원만하다는 증거죠."

아까부터 아내의 젖가슴을 흘끔거리고 있던 전무 부인이 말했다. 마침내 그녀의 화살은 아내에게 직접 날아왔다.

"채식을 하는 이유가 어떤 건가요? 건강 때문에…… 아니면 종교적인 거예요?"

"아니요."

아내는 이 자리가 얼마나 어려운 자리인지 전혀 의식하지 않은 듯, 태연하고 조용하게 입을 떼었다. 불현듯 소름이 끼쳤다. 아내가 무슨 말을 하려는지 직감했기 때문이었다.

"……꿈을 꿨어요."

나는 재빨리 아내의 말끝을 덮었다.

"집사람은 오랫동안 위장병을 앓았어요. 그래서 숙면을 취하지 못했죠. 한의사의 충고대로 육식을 끊은 뒤 많이 좋아졌습니다."

그제야 사람들은 고개를 끄덕였다.

"다행이네요. 저는 아직 진짜 채식주의자와 함께 밥을 먹어본 적이 없어요. 내가 고기를 먹는 모습을 징그럽게 생각할지도 모를 사람과 밥을 먹는다면 얼마나 끔찍할까. 정신적인 이유로 채식을 한다는 건, 어찌됐든 육식을 혐오한다는 거 아녜요? 안 그래요?"

"꿈틀거리는 세발낙지를 맛있게 젓가락에 말아 먹고 있는데, 앞에 앉은 여자가 짐승 보듯 노려보고 있는 것과 비슷한 기분이겠죠."

좌중이 웃음을 터뜨렸다. 따라 웃으며 나는 의식하고 있었다. 아내가 함께 웃지 않는다는 것을. 허공을 오가는 어떤 대화에도 귀를 기울이지 않은 채, 사람들의 입술에 번들거리는 탕평채의 참기름을 지켜보고 있다는 것을. 그것이 모두의 마음을 불편하게 하고 있다는 것을.

다음 음식은 깐풍기였고, 그다음 음식은 참치회였다. 모두가 먹는 동안 아내는 손가락 하나 까딱하지 않았다. 작은 도토리알 같은 유두를 블라우스 속에서 뚜렷이 내민 채, 거기 모인 사람들의 입술과 그 움직임을 샅샅이, 빨아들이듯 지켜보았다.

십여 가지의 화려한 코스가 끝날 때까지 아내가 먹은 것은 샐러드와 김치, 호박죽뿐이었다. 독특한 맛의 작은 찹쌀새알죽도 육수에 담겨 있었기 때문에 먹지 않았다. 점점 사람들은 아내가 그 모임에 존재하지 않는 것처럼 대화를 이어갔다. 나만은 가엾게 여긴 듯 가끔 무엇인가를 물어오는 이들이 있었으나, 내심 나조차 한묶음으로 경원시하고 있다는 것을 느낄 수 있었다.

후식으로 과일이 나왔을 때 아내는 사과와 오렌지를 한조각씩 먹었다.

"배고프지 않으세요? 거의 드시지 않았잖아요?"

사장 부인이 화사한 사교적 톤으로 아내를 염려했다. 아내는 웃지도, 얼굴을 붉히지도, 머뭇거리지도 않은 채 대답 없이 그 여자의 우아한 얼굴을 마주보았다. 그 응시가 좌중의 기분을 끔찍하게 만들고 있었다. 아내는 이 자리가 어떤 자리인지 알고 있을까. 저 중년의 여자가 누구인지 알고 있는 걸까. 순간, 한번도 들어가본 적 없는 그녀의 머릿속이, 그 내부가, 까마득히 깊은 함정처럼 느껴졌다.

*

무엇인가 조치를 취해야 했다.

그날 밤, 모든 것이 낭패로 돌아간 것을 느끼며 집까

지 운전해 돌아오는 동안 나는 생각했다. 그녀는 태연해 보였다. 자신이 무슨 짓을 저질렀는지 전혀 모르는 것 같았다. 졸리거나 피곤한 듯 비스듬히 차창에 얼굴을 기대고 있을 뿐이었다. 평소 내 성격대로였다면 화를 냈을 것이다. 회사에서 남편 쫓겨나는 꼴 보고 싶어? 그게 대체 뭐 하는 짓이야?

그러나 나는 모든 것이 의미없다는 것을 직감했다. 어떤 분노와 설득도 그녀를 움직일 수 없었다. 내 손으로 뭔가를 할 수 있는 단계가 아니었다.

아내가 씻고 잠옷을 걸친 뒤 안방 대신 자신의 방으로 들어가자, 나는 거실을 서성거리다가 전화기를 들었다. 먼 소도시에서 장모가 전화를 받았다. 아직 잠들기에는 이른 시간이었는데, 장모의 목소리는 혼곤했다.

"다들 편안한가? 요즘 통 연락이 없던데."

"죄송합니다. 제가 워낙 바쁘게 지내느라구요. 장인어른은 건강하십니까?"

"우리야 늘 똑같지. 정서방 하는 일은 잘되고?"

나는 망설이다가 말했다.

"저는 괜찮습니다. 그런데 집사람이……"

"영혜가 왜, 무슨 일이라도 있나?"

장모의 음성에 걱정이 어렸다. 평소에 장모가 특별히 관심을 기울이지 않는 것처럼 보이던 둘째딸이지만, 자식은 자식인 모양이었다.

"고기를 안 먹는답니다."

"뭐라고?"

"고기를 전혀 안 먹고 풀만 먹고 삽니다. 여러 달 됐어요."

"그게 무슨 얘긴가? 다이어튼가 뭔갈 하는 건 아닐 테고."

"글쎄, 아무리 제가 말려도 듣질 않습니다. 덕분에 저도 집에서 고기맛을 본 지 오래됐습니다."

장모의 말문이 막혔다. 막힌 틈을 타 나는 쐐기를 박았다.

"집사람 몸이 얼마나 허약해졌는지 모릅니다."

"안 되겠구만. 옆에 영혜 있으면 바꿔주게."

"지금은 자러 갔습니다. 내일 아침에 전화하라고 하겠습니다."

"아니야, 두게. 내일 아침에 내가 전화함세. 그애가 왜 안 하던 짓을⋯⋯ 자네한테 면목이 없네."

전화를 끊은 뒤 나는 수첩을 뒤져 처형의 전화번호를 눌렀다. 네살배기 처조카 녀석이 "여보세요" 고함치며 받았다.

"엄마 좀 바꿔라."

아내와 닮았지만 아내보다 눈이 커서 예쁜, 무엇보다 아내보다 여자다운 데가 있는 처형이 곧 수화기를 넘겨 받았다.

"여보세요?"

콧소리를 섞어 내는 처형과의 통화는 언제나 나에게 약간의 성적인 긴장감을 주었다. 나는 좀전과 같은 방법으로 아내의 채식을 알려, 좀전과 똑같은 경악과 사죄, 다짐을 받아낸 뒤 수화기를 내려놓았다. 마지막으로 막내처남의 전화번호를 누를까 하다가 지나친 것 같아 그만두었다.

*

다시 꿈을 꿨어.

누군가가 사람을 죽여서, 다른 누군가가 그걸 감쪽같이 숨겨줬는데, 깨는 순간 잊었어. 죽인 사람이 난지, 아니면 살해된 쪽인지. 죽인 사람이 나라면, 내 손에 죽은 사람이 누군지. 혹 당신일까. 아주 가까운 사람이었는데. 아니면, 당신이 날 죽였던가…… 그럼 그걸 감춰준 사람은 누굴까. 그건 분명히 나나 당신이 아닌데. ……삽이었어. 그것만은 확실해. 커다란 흙삽으로 머릴 쳐서 죽였어. 둔중한 울림, 금속과 머리가 부딪치던 순간의 탄성(彈性)…… 어둠 속에서 고꾸라지던 그림자가 생생해.

이번 꿈이 처음이 아니야. 무수히 꿨던 꿈이야. 술에 취하면 예전에 취했을 때 기억이 나는 것처럼, 꿈속에서 지난 꿈 생각이 나. 수없이 누군가가 누군가를 죽였어. 가물가물한, 잡히지 않는…… 하지만 소름끼치게 확고한 느낌으로 기억돼.

이해할 수 없겠지. 예전부터 난, 누군가가 도마에 칼질을 하는 걸 보면 무서웠어. 그게 언니라 해도, 아니, 엄마라 해도. 왠지는 설명 못해. 그냥 못 견디게 싫은 느낌이라고밖엔. 그래서 오히려 그 사람들한테 다정하게 굴곤 했지. 그렇다고 어제 꿈에 죽거나 죽인 사람이 엄마나 언니였다는 건 아니야. 다만 그 비슷한 느낌, 오싹하고, 더럽고, 끔찍하고 잔인한 느낌만이 남아 있어. 내 손으로 사람을 죽인 느낌, 아니면 누군가 나를 살해한 느낌, 겪어보지 않았다면 결코 느끼지 못할…… 단호하고, 환멸스러운. 덜 식은 피처럼 미지근한.

무엇 때문일까. 모든 것이 낯설게 느껴져. 내가 뭔가의 뒤편으로 들어와 있는 것 같아. 손잡이가 없는 문 뒤에 갇힌 것 같아. 아니, 어쩌면 처음부터 여기 있었던 걸 이제야 갑자기 알게 된 걸까. 어두워. 모든 것이 캄캄하게 뭉개어져 있어.

*

내가 기대했던 것과는 달리 장모와 처형의 설득은 아내의 식습관에 아무런 영향을 미치지 않았다. 주말이면 장모는 나에게 전화해 물었다.

"영혜가 아직도 고기를 안 먹나?"

생전 전화하는 법 없던 장인까지 아내에게 호통을 쳤다. 흥분한 고함소리가 수화기 밖으로 새어나와 나에게도 들렸다.

"뭐 하는 짓이냐, 너는 그렇다 치고 한창 나이에 정서
방은 어쩌란 말이냐?"

아내는 예,라고도 아니요,라고도 하지 않은 채 묵묵히
수화기를 귀에 대고 있었다.

"왜 대답이 없어, 듣고 있는 거냐?"

부엌의 국냄비가 끓었으므로 아내는 말없이 수화기
를 테이블에 내려놓고 부엌으로 갔다. 가서 돌아오지 않
았다. 상대 없이 애처롭게 고함치고 있는 장인을 위해
나는 수화기를 집어들었다.

"죄송합니다, 장인어른."

"아니야, 내가 면목이 없네."

가부장적인 장인은 지난 오년간 들어본 적 없는 사과
조의 말로 나를 놀라게 했다. 배려의 말 따위는 그에게
어울리지 않았다. 월남전에 참전해 무공훈장까지 받은
것을 가장 큰 자랑으로 여기는 그는 목소리가 무척 크
고, 그 목소리만큼 대가 센 사람이었다. 내가 월남에서
베트콩 일곱을…… 하고 시작되는 레퍼토리를 사위인
나도 두어번 들은 적이 있었다. 아내는 그 아버지에게

열여덟살까지 종아리를 맞으며 자랐다고 했다.

"……그러잖아도 내달에 올라갈 테니, 그때 앉혀놓고 애길 해보겠네."

유월은 장모의 생일이 있는 달이다. 처가가 멀어, 서울의 처갓집 형제들은 선물을 부치고 전화를 드리는 것으로 장모의 생일을 넘기곤 했다. 그런데 마침 오월 초에 처형네가 평수를 넓혀 이사를 했으니, 집구경도 할 겸 장인 내외가 올라온다는 것이었다. 다가오는 유월 둘째 일요일의 모임은 몇년에 한번 있을까 말까 한 처가의 큰 행사가 되는 셈이었다. 누구도 공공연히 말하진 않았으나, 아내에 대한 가족들의 질책이 그날로 준비돼 있다는 것은 분명해 보였다.

정작 아내는 그것을 아는지 모르는지 태연하게 하루하루를 보냈다. 아내가 나와의 잠자리를 의도적으로 계속 피한다는 것을 제외하면 — 그녀는 숫제 청바지 차림으로 잤다 — 우리는 아직 겉보기에 정상적인 부부였다. 하루가 다르게 그녀가 여위어가고 있다는 것, 새벽에 내가 알람시계를 더듬어 끄고 몸을 일으켜보면 어둠 속에서 눈을 치켜뜬 그녀가 꼿꼿한 자세로 누워 있다는 것이 예전과 다를 뿐이었다. 회사에서 주선한 외식 후 사람들은 한동안 나를 미심쩍게 대했으나, 내가 성사시킨 프로젝트가 괄목할 만한 수입을 거둬내자 모든 것이 묻혀지는 듯했다.

이대로, 좀 이상한 여자와 산다 해도 나쁠 것 없겠다고 나는 가끔 생각했다. 그냥 남인 듯이. 아니, 밥을 차려주고 집을 청소해주는 누이, 혹은 파출부 같은 존재로서라도. 그러나 한창 나이에, 무덤덤했다곤 하나 결혼생활을 유지해온 남자에게 장기간의 금욕은 견디기 어려운 것이었다. 회식이 있어 늦게 들어온 밤이면 나는 술기운에 기대어 아내를 덮쳐보기도 했다. 저항하는 팔을 누르고 바지를 벗길 때는 뜻밖의 흥분을 느꼈다. 격렬하게 몸부림치는 아내에게 낮은 욕설을 뱉어가며, 세번에 한번은 삽입에 성공했다. 그럴 때 아내는 마치 자신이 끌려온 종군위안부라도 되는 듯 멍한 얼굴로 어둠 속에 누워 천장을 올려다보고 있었다. 내 행위가 끝나는 즉시 그녀는 옆으로 돌아누워 이불 속에 얼굴을 숨겼다. 내가 샤워하러 나가 있는 동안 뒤처리를 하는 모양으로, 잠자리에 돌아와보면 그녀는 아무 일 없었던 듯 바로 누워 눈을 감고 있었다.

그때마다 나를 사로잡는 것은 기이하고도 불길한 예감이었다. 예감이라는 것을 갖고 살아본 적 없는 둔감한 성격의 나였지만, 그 안방의 어둠과 정적은 오싹했다. 다음날 아침 식탁 앞에 앉은 아내의 단단히 다문 입술, 어떤 말도 귀담아듣지 않는 옆얼굴을 나는 염오감을 감추지 못한 채 건너다보았다. 마치 산전수전 다 겪은 듯한, 풍파에 깎인 것 같은 그 표정이 나는 꺼림칙하고 싫었다.

가족모임을 사흘 앞둔 저녁이었다. 그날 서울은 때이른 무더위를 기록해 큰 건물이나 점포들은 일제히 에어컨을 가동했다. 종일 사무실에서 에어컨을 쐰 나는 냉기에 지쳐서 돌아왔다. 현관문을 열고 아내의 모습을 보자마자 나는 황급히 들어서서 문을 닫았다. 복도식 아파트였으므로 지나는 사람이 있을까 두려워서였다. 아내는 옅은 회색 면바지 위로 상체를 벌거벗은 채 텔레비전 장식장 앞에 기대앉아 감자껍질을 벗기고 있었다. 선명히 드러난 쇄골 아래로, 너무나 살이 빠져 이제는 조금 둔덕져 있을 뿐인 젖가슴이 보였다.

"옷은 왜 벗고 있어?"

웃음을 지으려 애쓰며 나는 물었다. 아내는 고개를 들지 않은 채 계속해서 감자칼을 놀리며 대답했다.

"더워서."

고개를 들어봐. 나는 소리내지 않은 채, 이를 악물고 속으로 말했다. 고개를 들고 웃어. 그 대답이 농담이라는 걸 보여봐. 그러나 그녀는 웃지 않았다. 저녁 여덟시였고, 베란다문이 열려 있었고, 아파트 안은 덥지 않았다. 아내의 어깨에 깨알 같은 소름이 돋아 있었다. 감자 껍질이 신문지 위로 수북하게 쌓여 있었다. 서른개도 넘는 감자들이 작은 언덕을 이루고 있었다.

"그걸로 뭘 하려고?"

나는 태연을 가장해 물었다.

"쪄먹으려고."

"그걸, 다?"

"응."

나는 비실비실 웃음을 흘리며 그녀가 따라 웃기를 기다렸다. 하지만 그녀는 웃지 않았다. 내 얼굴을 올려다보지도 않았다.

"그냥, 허기가 져서 그래."

*

꿈에 누군가의 목을 자를 때, 끝까지 잘리지 않아 덜렁
거리는 머리채를 잡고 마저 칼질을 할 때, 미끌미끌한 안구
를 손바닥에 올려놓을 때, 그러다 깨어날 때. 생시에, 뒤뚱
거리며 내 앞을 걸어가는 비둘기를 죽이고 싶어질 때, 오
래 지켜보았던 이웃집 고양이를 목조르고 싶을 때, 다리가
후들거리고 식은땀이 맺힐 때, 내가 다른 사람이 된 것 같
은 때, 다른 사람이 내 안에서 솟구쳐올라와 나를 먹어버린
때, 그때……

입 안에 침이 고여. 정육점 앞을 지날 때 나는 입을 막아.
혀뿌리부터 차올라 입술을 적시는 침 때문에. 입술 사이로
새어나와 흘러내리려는 침 때문에.

*

잘 수 있다면. 단 한시간이라도 의식을 놓을 수 있다면.

셀 수 없이 깨어나 맨발로 서성거리는 밤에 집은 식어 있어. 식은 밥, 식은 국처럼 싸늘해. 검은 창밖으로 아무것도 보이지 않아. 어두운 현관문이 간혹 덜컹거리는 소리를 내지만, 문을 두드린 사람 따위는 없어. 돌아와 이불 밑에 손을 넣어보면, 다 식어 있어.

*

이제는 오분 이상 잠들지 못해. 설핏 의식이 나가자마자 꿈이야. 아니, 꿈이라고도 할 수 없어. 짧은 장면들이 단속적으로 덮쳐와. 번들거리는 짐승의 눈, 피의 형상, 파헤쳐진 두개골, 그리고 다시 맹수의 눈. 내 뱃속에서 올라온 것 같은 눈. 떨면서 눈을 뜨면 내 손을 확인해. 내 손톱이 아직 부드러운지, 내 이빨이 아직 온순한지.

내가 믿는 건 내 가슴뿐이야. 난 내 젖가슴이 좋아. 젖가슴으론 아무것도 죽일 수 없으니까. 손도, 발도, 이빨과 세치 혀도, 시선마저도, 무엇이든 죽이고 해칠 수 있는 무기잖아. 하지만 가슴은 아니야. 이 둥근 가슴이 있는 한 난 괜찮아. 아직 괜찮은 거야. 그런데 왜 자꾸만 가슴이 여위는

거지. 이젠 더 이상 둥글지도 않아. 왜지. 왜 나는 이렇게 말라가는 거지. 무엇을 찌르려고 이렇게 날카로워지는 거지.

*

햇볕이 잘 드는 남향 아파트의 칠층이었다. 앞동이 전망을 가로막고 있긴 했지만 뒤쪽으로는 멀리 산자락이 보였다.

"이제 너희 걱정은 다 잊어버렸다. 완전히 자리를 잡았구나."

장인이 수저를 들며 한마디 했다.

처형이 결혼 전부터 운영해온 화장품가게의 수입으로 분양받은 아파트였다. 그녀는 만삭이 될 때까지 점포를 세 배로 넓혔고, 출산 후에는 밤에만 잠깐씩 들러 가게를 운영해왔다. 얼마 전 처조카가 세 돌이 지나 어린이집에 가자 다시 종일 가게를 보기 시작했다고 했다.

나는 손윗동서가 부러웠다. 미대를 나와 작가라고 행세하긴 하지만 생계에 도움이 되지 않는 동서였다. 물려받은 재산이 있다지만, 벌지 않고 쓰기만 해서는 한계가 있다. 처형이 팔을 걷어붙였으니 동서는 이제 평생 예술이나 하며 마음 편히 살 수 있을 것이다. 게다가 처형은 예전의 아내처럼 음식솜씨가 좋다. 딱 부러지게 차려놓은 점심상을 보니 나는 새삼스레 허기를 느꼈다. 적당히 살이 붙은 처형의 몸매, 사근사근한 말씨, 커다랗게 쌍꺼풀진 눈을 바라보며, 나는 내가 잃고 살아왔을지 모를 많은 것들을 아쉬워했다.

아내는 집이 좋다느니, 음식을 차리느라 애썼다느니 하는 인사말 한마디 없이 조용히 밥과 김치를 먹었다. 그것 외에는 그녀가 먹을 것이 없었다. 그녀는 계란을 원료로 한 마요네즈도 먹지 않으므로, 먹음직스러워 보이는 샐러드에조차 젓가락을 대지 않았다.

아내의 얼굴은 긴 불면으로 숫제 검게 타 있었다. 모르는 사람이 보았다면 중병 환자로 여겼을 것이다. 언제나처럼 브래지어도 하지 않고 흰 티셔츠를 입어, 자세히 보면 옅은 갈색의 젖꼭지가 얼룩처럼 비쳐 보였다. 좀전에 함께 현관을 들어서자마자 처형이 그녀를 안방으로 불렀는데, 잠시 후 처형이 먼저 난감한 얼굴로 방에서 나온 것으로 미루어 아내가 브래지어를 하지 않겠다고

한 모양이었다.

"여기 분양가가 얼마였어요?"

"……그래요? 어제 부동산사이트에 들어가봤는데, 이 아파트는 벌써 오천만원쯤 오른 거네요. 내년엔 지하철도 완공된다면서요."

"매형이 수완이 참 좋으세요."

"제가 뭐 하는 게 있나요. 다 집사람이 알아서 했죠."

의례적이며 정다운, 그리고 실질적인 대화가 듬성듬성 오가는 동안 아이들은 떠들고 서로를 때려가며 볼이 미어지게 음식을 먹어댔다. 내가 물었다.

"처형, 이 음식을 혼자 다 하셨습니까?"

처형은 반쯤 웃었다.

"그냥, 그저께부터 하나씩 했어요. 그런데 저거, 굴무침은 영혜가 좋아하는 거라 일부러 장봐다 한 건데…… 영혜는 손도 안 대네."

나는 숨을 죽였다. 마침내 시작이었다.

"가만있어봐라. 영혜 너, 애비가 그만큼 알아듣게 말했는데……"

장인의 호통에 이어, 처형이 야무지게 아내를 나무

랐다.

"너 정말 어쩌려구 그러니? 사람한테 필요한 영양소가 있는 건데…… 채식을 하려면 제대로 식단을 잘 짜서 하든가. 얼굴이 그게 뭐야."

처남댁도 거들었다.

"저는 딴사람인 줄 알았어요. 얘기는 들었지만, 그렇게 몸 상해가면서 채식하는 줄은 몰랐지 뭐예요."

"지금부터 그 채식인지 뭔지는 끝이다. 이거, 이거, 이거, 다 먹어라 얼른. 없어 못 먹는 세상도 아니고 무슨 꼴이냐."

장모는 쇠고기볶음과 탕수육, 닭찜, 낙지소면 접시들을 들어 아내 앞에 펼쳐놓으며 말했다.

"뭐 하고 있는 거냐? 어서 먹어."

장인이 기차 화통 같은 목소리로 채근했다.

"영혜야, 먹어. 먹으면 힘이 날 거야. 사람이 사는 날까진 힘차게 살아야지. 절에 들어간 스님들은 그만큼 수도를 하고 독신생활을 하니까 살 수 있는 거야."

처형이 조곤조곤 타일렀다. 눈을 동그랗게 뜬 아이들이 아내의 모습을 지켜보고 있었다. 아내는 이게 무슨 갑작스런 소란인지 영문을 모르겠다는 듯 멍한 시선으로 가족들의 얼굴을 건너다보았다.

긴장된 침묵이 흘렀다. 나는 새카맣게 그을린 장인의 얼굴을, 한때 젊은 여인이었으리라는 것을 믿을 수 없을 만큼 쪼글쪼글한 장모의 얼굴을, 그 눈에 어린 염려를, 처형의 근심어린, 치켜올라간 눈썹을, 동서의 방관자적인 태도를, 막내처남 내외의 소극적이지만 못마땅한 듯한 표정을 차례로 둘러보았다. 아내가 무슨 말이든 꺼내놓을 것이라고 나는 기대했다. 그러나 그녀는 들고 있던 젓가락을 상에 내려놓는 것으로, 그 모든 얼굴들이 쏘아보내는 무언의, 하나의 메시지에 대한 대답을 대신했다.

작은 술렁임이 지나갔다. 장모는 이번에는 젓가락으로 탕수육을 들었다. 아내의 입 바로 앞까지 내밀며 말했다.

"자. 어서 아, 해라. 먹어."

아내는 입을 다문 채, 예의 영문을 모르겠다는 듯한 눈으로 자신의 어머니를 바라보았다.

"어서 입 벌려. 이거 싫으냐? 그럼 이거."

장모는 이번에는 쇠고기볶음을 들었다. 아내가 여전

히 입을 다물고 있자 장모는 다시 그것을 내려놓고 굴무
침을 집었다.

"너 어릴 때부터 이거 좋아했잖냐. 이거 실컷 먹어보
고 싶다고 한 적도 있었는데……"

"예, 저도 기억나요. 그래서 어디 가서 굴을 보면 영혜
생각이 나는데."

처형은 아내가 굴무침을 먹지 않는 것이 무엇보다 큰
일이라는 듯 장모를 거들었다. 굴무침이 집힌 젓가락이
입을 향해 점점 가까이 다가오자, 아내는 몸을 뒤로 힘
껏 젖혔다.

"얼른 먹어. 팔 아프다……"

장모의 팔이 실제로 떨렸다. 아내는 마침내 자리에서
일어섰다.

"저, 안 먹어요."

처음으로 아내의 입에서 또렷한 음성이 흘러나왔다.

"뭐야!"

고함을 지른 것은, 비슷한 다혈질인 장인과 처남이 함
께였다. 처남댁이 얼른 처남의 팔을 잡았다.

"보고 있으려니 내 가슴이 터진다. 이 애비 말이 말 같

지 않아? 먹으라면 먹어!"

나는 아내가 '죄송해요, 아버지. 하지만 못 먹겠어요'라고 대답하리라고 예상했다. 그러나 그녀는 조금도 죄송하지 않은 듯한 말투로 담담히 말했다.

"저는, 고기를 안 먹어요."

절망한 장모의 젓가락이 거두어졌다. 늙은 그녀의 얼굴은 금방이라도 울음을 터뜨릴 것 같았다. 곧 폭발할 듯한 정적이 흘렀다. 장인이 젓가락을 집어들었다. 탕수육 한점을 집어들고 상을 돌아 아내 앞에 우뚝 섰다.

평생의 노동으로 단련된, 단단한, 그러나 어쩔 수 없이 허리가 구부정하게 굽은 뒷모습으로 장인은 탕수육을 아내의 얼굴에 들이밀었다.

"먹어라. 애비 말 듣고 먹어. 다 널 위해서 하는 말이다. 그러다 병이라도 나면 어쩌려고 그러는 거냐."

가슴 뭉클한 부정(父情)이 느껴져, 나도 모르게 눈시울이 뜨거워졌다. 아마 그 자리에 모인 모든 사람들이 그랬을 것이다. 허공에서 조용히 떨고 있는 장인의 젓가락을 아내는 한손으로 밀어냈다.

"아버지, 저는 고기를 안 먹어요."

순간, 장인의 억센 손바닥이 허공을 갈랐다. 아내가 뺨을 감싸쥐었다.

"아버지!"

처형이 외치며 장인의 팔을 잡았다. 장인은 아직 흥분이 가시지 않은 듯 입술을 실룩거리고 있었다. 한때 성깔이 대단했다는 것은 알고 있었지만, 장인이 누군가에게 손찌검하는 광경을 직접 본 것은 처음이었다.

"정서방, 영호, 둘이 이쪽으로 와라."

나는 머뭇거리며 아내에게 다가갔다. 뺨에서 피가 비칠 만큼 아내는 세게 맞았다. 그녀는 그제야 평정이 깨진 듯 숨을 몰아쉬고 있었다.

"두 사람이 영혜 팔을 잡아라."

"예?"

"한번만 먹기 시작하면 다시 먹을 거다. 세상천지에, 요즘 고기 안 먹고 사는 사람이 어디 있어!"

불만스러운 얼굴로 처남이 자리에서 일어섰다.

"누나, 웬만하면 먹어. 예, 하고 먹는 시늉만 하면 간단하잖아. 아버지 앞에서 이렇게까지 해야겠어?"

장인이 고함쳤다.

"무슨 얘길 하고 있어. 어서 팔 잡아라. 정서방도."

"아버지, 왜 이러세요."

처형이 장인의 오른팔을 잡았다. 장인은 이제 젓가락을 내던지고, 손으로 탕수육을 들고 아내에게 다가갔다. 아내가 엉거주춤 뒷걸음질치는 것을 처남이 붙잡아 바로 세웠다.

"누나, 그냥 좋게 먹어. 누나가 받아서 먹어."

처형이 애원했다.

"아버지, 제발 그만하세요."

처형이 장인을 잡은 팔힘보다 처남이 아내를 잡은 팔힘이 셌으므로, 장인은 처형을 뿌리치고 탕수육을 아내의 입에 갖다댔다. 입을 굳게 다문 채 아내는 신음소리를 냈다. 뭔가 말하기 위해 입을 벌리면 그것이 들어올까봐 말조차 하지 못하는 것 같았다.

"아버지!"

처남은 소리쳐 만류했으나, 얼결에 아내를 잡은 손을 놓지 않고 있었다.

"으음…… 음!"

고통스럽게 몸부림치는 아내의 입술에 장인은 탕수

육을 짓이겼다. 억센 손가락으로 두 입술을 열었으나, 악물린 이빨을 어쩌지 못했다.

마침내 다시 화가 머리끝까지 치민 장인이 한번 더 아내의 뺨을 때렸다.

"아버지!"

처형이 달려들어 장인의 허리를 안았으나, 아내의 입이 벌어진 순간 장인은 탕수육을 쑤셔넣었다. 처남이 그 서슬에 팔의 힘을 빼자, 으르렁거리며 아내가 탕수육을 뱉어냈다. 짐승 같은 비명이 그녀의 입에서 터졌다.

"……비켜!"

아내는 몸을 웅크려 현관 쪽으로 달아나는가 싶더니, 뒤돌아서서 교자상에 놓여 있던 과도를 집어들었다.

"여, 영혜야."

장모의 끊어질 듯한 음성이 살벌한 정적 위에 떨리는 금을 그었다. 아이들이 참았던 울음을 터뜨렸다.

이를 악문 채, 자신을 지켜보고 있는 사람들의 눈을 하나씩 응시하다가, 아내는 칼을 치켜들었다.

"말려……"

"피해!"

아내의 손목에서 분수처럼 피가 솟구쳤다. 흰 접시 위로 붉은 피가 비처럼 쏟아졌다. 무릎을 접고 주저앉은 아내에게서 칼을 뺏은 것은, 그때까지 줄곧 방관하고 앉아 있던 동서였다.

"뭐 해! 아무 수건이라도 가져와!"

동서는 특공대 출신답게 능숙한 솜씨로 아내의 손목을 지혈한 뒤 그녀를 들쳐업었다.

"자네는 빨리 내려가 시동 걸어!"

나는 더듬더듬 구두를 찾았다. 짝이 맞지 않아, 두번을 바꿔 신은 뒤에야 현관문을 열고 나갈 수 있었다.

*

……내 다리를 물어뜯은 개가 아버지의 오토바이에 묶이고 있어. 그 개의 꼬리털을 태워 종아리의 상처에 붙이고, 그 위로 붕대를 친친 감고, 아홉살의 나는 대문간에 나가 서 있어. 무더운 여름날이야. 가만히 있어도 땀이 뻘뻘 흘러내려. 개도 붉은 혓바닥을 턱까지 늘어뜨리고 숨을 몰아쉬고 있어. 나보다 몸집이 큰, 잘생긴 흰 개야. 주인집 딸

을 물어뜯기 전까진 영리하다고 동네에 소문났던 녀석이
었지.

아버지는 녀석을 나무에 매달아 불에 그슬리면서 두들
겨패지 않을 거라고 했어. 달리다 죽은 개가 더 부드럽다
는 말을 어디선가 들었대. 오토바이의 시동이 걸리고, 아버
지는 달리기 시작해. 개도 함께 달려. 동네를 두 바퀴, 세 바
퀴, 같은 길로 돌아. 나는 꼼짝 않고 문간에 서서 점점 지쳐
가는, 헐떡이며 눈을 희번덕이는 흰둥이를 보고 있어. 번쩍
이는 녀석의 눈과 마주칠 때마다 난 더욱 눈을 부릅떠.

나쁜 놈의 개, 나를 물어?

다섯 바퀴째 돌자 개는 입에 거품을 물고 있어. 줄에 걸
린 목에서 피가 흘러. 목이 아파 낑낑대며, 개는 질질 끌리
며 달려. 여섯 바퀴째, 개는 입으로 검붉은 피를 토해. 목에
서도, 입에서도 피가 흘러. 거품 섞인 피, 번쩍이는 두 눈을
나는 꼿꼿이 서서 지켜봐. 일곱 바퀴째 나타날 녀석을 기다
리고 있을 때, 축 늘어진 녀석을 오토바이 뒤에 실은 아버
지가 보여. 녀석의 덜렁거리는 네 다리, 눈꺼풀이 열린, 핏
물이 고인 눈을 나는 보고 있어.

그날 저녁 우리집에선 잔치가 벌어졌어. 시장 골목의 알

만한 아저씨들이 다 모였어. 개에 물린 상처가 나으려면 먹어야 한다는 말에 나도 한입을 떠넣었지. 아니, 사실은 밥을 말아 한그릇을 다 먹었어. 들깨냄새가 다 덮지 못한 누린내가 코를 찔렀어. 국밥 위로 어른거리던 눈, 녀석이 달리며, 거품 섞인 피를 토하며 나를 보던 두 눈을 기억해. 아무렇지도 않더군. 정말 아무렇지도 않았어.

*

여자들은 놀란 아이들을 달래기 위해 집에 남고, 처남은 뒤이어 혼절한 장모를 돌보고, 동서와 내가 가까운 병원 응급실로 아내를 날랐다. 응급상황을 넘긴 아내가 이인용 일반병실로 옮겨지자 그제야 두 남자 모두 피가 말라 꾸덕꾸덕해진 옷을 의식했다.

오른팔에 링거바늘을 꽂은 채 아내는 잠들어 있었다. 나도, 동서도 말없이 아내의 잠든 얼굴을 바라보았다. 거기 어떤 해답이라도 적혀 있다는 듯이. 계속해서 들여다보면 그 답을 해독할 수 있을 거라는 듯이.

"형님은 들어가세요."

"······그래."

동서는 뭔가 할말이 있는 듯한 기색이었으나 말을 아꼈다. 나는 주머니에서 집히는 대로 이만원을 꺼내 건넸다.

"그대로 가지 마시고, 매점에서 옷을 한벌 사세요."

"자네는? ······아, 이따 지우엄마가 들를 때 내 옷을 좀 싸보내지."

저녁 무렵 처형과 처남 내외가 왔다. 흥분상태의 장인은 아직 안정을 취하고 있다고 했다. 장모도 부득부득 오겠다는 것을, 아예 이쪽으로 걸음도 못하도록 했다고 처남은 말했다.

"이게 대체 무슨 일이에요, 애들 보는 앞에서······"

처남댁은 충격 때문에 울었는지 화장이 지워지고 눈이 부어 있었다.

"아버님도 심하셨어요. 어떻게 사위 보는 앞에서 딸을 때려요? 옛날에도 그러셨어요?"

"워낙 성격이 급하시잖아······ 영호 보면 몰라? 그래도 나이 드시고 괜찮았는데."

"나는 왜 걸고 넘어져?"

"더군다나 영혜가 워낙 소리 한번 안 내고 자란 딸이

라, 당황도 하셨겠지."

"억지로 고기를 먹이겠다는 것도 심하지만, 그렇게 안 먹을 건 또 뭐예요? 그리고 칼을 왜 들어요…… 나 태어나서 그런 거 처음 봤어요. 다음부터 형님 얼굴을 어떻게 봐."

처형이 아내를 지키는 동안, 나는 동서의 티셔츠로 갈아입은 뒤 가까운 사우나에 갔다. 검게 굳은 피가 샤워기의 미지근한 물줄기에 씻겨나갔다. 의심을 품은 시선들이 나를 흘끔거렸다. 구역질이 났다. 이 모든 상황이 징그러웠다. 현실이 아닌 것 같았다. 놀람이나 당혹감보다 강하게, 아내에 대한 혐오감을 느꼈다.

처형이 돌아간 뒤 이인용 병실에는 장파열로 입원한 여고생과 그 부모, 나와 아내만 남았다. 그들이 나를 흘끔거리는 것을, 무엇인가 작은 소리로 쑥덕거리는 것을 의식하며 나는 아내의 머리맡을 지켰다. 이 긴 일요일이 곧 끝나고 월요일이 시작될 것이다. 그러면 더이상 이 여자를 보지 않아도 된다. 내일은 처형이 자리를 지킬 테고 모레면 아내는 퇴원할 것이다. 퇴원이란, 이 이상하고 무서운 여자와 내가 단둘이 한집에 살아야 한다는 것을 의미한다. 나는 그것을 받아들이기 어려웠다.

다음날 밤 아홉시에 나는 병실을 찾았다. 처형이 미소를 지으며 나를 맞았다.

"피곤하시죠?"

"아이는……"

"지우아빠가 오늘은 안 나가고 있어요."

어떻게든 술자리가 있었다면 나는 이 시간에 병실로 돌아오지 않았을 것이다. 그러나 월요일이었고, 아무런 건수가 없었다. 얼마 전에 바쁜 업무가 끝나 야근도 없었다.

"집사람은요?"

"계속 잤어요. 말 시켜도 대답 안 하고. 밥은 잘 먹었어요. ……괜찮을 것 같아요."

언제나 내 마음을 움직이는, 처형 특유의 사려깊은 말씨가 내 날카로운 기분을 다소나마 다독여주었다. 처형을 보낸 뒤 한식경이 지나, 넥타이를 푼 뒤 좀 씻어야겠다고 생각하고 있을 때 누군가가 병실문을 두드렸다.

뜻밖에도 장모였다.

"……자네 볼 면목이 없네."

가까이 다가오자마자 장모가 뱉은 첫마디였다.

"무슨 말씀이십니까. 장모님 몸은 좀 어떠세요?"

장모는 긴 한숨을 내쉬었다.

"늘그막에 우리가 무슨 험한 꼴을 보는지……"

장모는 들고 있던 쇼핑백을 나에게 내밀었다.

"이게 뭡니까?"

"올라오기 전에 준비한 거야. 몇달간 고기를 안 먹었다니 얼마나 몸이 축났을까 싶어서…… 둘이 같이 먹게. 흑염소야. 지우네가 알면 말릴까봐 몰래 갖고 나왔네. 그냥 한약이라고 하고 영혜한테 먹여봐. 약재를 많이 넣어서 역한 냄새도 없을 거야. 안 그래도 귀신같이 마른 게, 그렇게 피를 흘렸으니……"

그녀의 끈질긴 모성애라는 것에, 나는 그만 기가 질렸다.

"여기는 전자레인지가 없지? 내가 간호사실에 가서 알아봄세."

장모는 가방에서 팩 하나를 꺼내들고 나갔다. 처형 덕분에 애써 다독여진 마음이 들썽들썽 다시 일어서는 것을 느끼며 나는 넥타이를 말아쥐었다. 얼마 지나지 않아

마침 아내가 잠에서 깨어났다. 나 혼자 있을 때 깨어난 것보다 낫다고 생각하자, 그제야 장모의 출현이 다행으로 느껴졌다.

아내는 발치에 앉아 있던 나보다 장모와 먼저 눈을 맞추었다. 장모는 막 문을 열고 들어오다가 화들짝 반색을 했으나, 아내의 표정은 읽어내기 어려웠다. 종일 침대에 누워 잠만 잤다더니 다소 온화하고, 링거액 덕분인지 단순한 부기인지 뽀얗게 피어난 얼굴이었다.

장모는 김이 나는 종이컵을 한손에 들고 아내의 손을 잡았다.

"이것아……"

장모의 눈에 눈물이 그렁그렁 고였다.

"이것 좀 먹어봐라. 얼굴이 그게 뭐냐."

아내는 순순히 종이컵을 받아들었다.

"한약이다. 너 몸 보한다고 지어왔다. 왜 옛날에 너, 결혼 전에도 한번 약 지어먹었잖냐."

아내는 컵에 코를 대보고 고개를 저었다.

"한약 아닌데요."

담담하고 쓸쓸한 얼굴로, 어찌 보면 연민이 어린 것 같은 눈으로 아내는 팔을 뻗어 컵을 장모에게 돌려주었다.

"한약 맞아. 얼른 코 콱 막고 먹어라."

"안 먹어요."

"먹어라. 이 에미 소원이다. 죽은 사람 소원도 들어준
다지 않던?"

장모는 아내의 입으로 컵을 가져갔다.

"정말 한약 맞아요?"

"그렇다니까."

망설이던 아내는 코를 막고 그 검은 액체를 한모금 마
셨다. 장모는 희색이 만면하여 "더, 더 마셔"라고 외쳤
다. 주름진 눈꺼풀 안에서 장모의 눈이 번쩍거렸다.

"뒀다가, 이따 마실게요."

아내는 다시 누웠다.

"뭐 먹고 싶냐. 입가심으로 단것 좀 사올까?"

"괜찮아요."

그러나 장모는 매점이 어디인지 나에게 묻곤 황황히
병실을 나섰다. 아내는 뒤이어 담요를 걷고 일어났다.

"어디 가?"

"화장실에."

나는 링거액 주머니를 들고 아내를 따라갔다. 아내는 링거액 주머니를 화장실 안에 걸어두게 하고 문을 잠갔다. 그리고, 몇번의 신음소리와 함께 뱃속에 들어간 것을 모두 게워냈다.

허전허전한 걸음걸이로 아내는 화장실에서 나왔다. 아내에게서 역한 위액냄새, 시큼한 음식냄새가 났다. 내가 그녀의 링거액 주머니를 들어주지 않았으므로 아내는 붕대를 감은 왼손으로 그것을 들었고, 충분히 높이 들지 않아 피가 조금씩 역류하기 시작했다. 아내는 어기적어기적 걸음을 옮겨 장모가 바닥에 내려놓은 흑염소 가방을 들었다. 링거바늘이 박힌 오른손이었지만 그녀는 상관하지 않았다. 병실을 나간 뒤 그녀가 그것을 어떻게 하려고 하는지 나는 굳이 확인하고 싶지 않았다.

잠시 후, 여고생과 그 어머니의 눈살을 찌푸리게 할 만큼 요란한 문소리를 내며 장모가 뛰어들어왔다. 한손에는 과자봉지를, 다른 손에는 한눈에도 검은 액체가 터져나온 것을 알 수 있는 종이가방을 든 채였다.

"정서방은 어찌자구 보고만 있었는가? 얘가 지금 무슨 짓을 하려구 했는지 알았을 거 아닌가?"

나는 차라리 그 병실을 나가 집으로 가버리고 싶은 심
정이었다.

"……너, 이게 얼마짜린 줄 아냐? 이걸 버려? 니 에미
애비 피땀이 어린 돈이다. 네가 그러고도 내 딸이냐?"

허리를 굽힌 채 문간에 선 아내를, 역류하여 링거액
주머니 속에 흘러드는 그녀의 붉은 피를 나는 보았다.

"네 꼴을 봐라, 지금. 네가 고기를 안 먹으면, 세상사
람들이 널 죄다 잡아먹는 거다. 거울 좀 봐라, 네 얼굴이
어떤가 보란 말이다."

장모의 카랑카랑한 목소리가 낮은 울음으로 잦아들
었다.

그러나 아내는 마치 낯선 여자의 울음을 바라보듯이,
그래서 그것을 지나쳐가듯이 침대 위로 올라갔다. 가슴
까지 담요를 끌어당기고 눈을 감았다. 그제야 나는 진홍
색 피가 반나마 담긴 링거액 주머니를 들어올렸다.

*

저 여자가 왜 우는지 나는 몰라. 왜 내 얼굴을 삼킬 듯이

들여다보는지도 몰라. 왜 떨리는 손으로 내 손목의 붕대를 쓰다듬는지도 몰라.

손목은 괜찮아. 아무렇지도 않아. 아픈 건 가슴이야. 뭔가가 명치에 걸려 있어. 그게 뭔지 몰라. 언제나 그게 거기 멈춰 있어. 이젠 브래지어를 하지 않아도 덩어리가 느껴져. 아무리 길게 숨을 내쉬어도 가슴이 시원하지 않아.

어떤 고함이, 울부짖음이 겹겹이 뭉쳐져, 거기 박혀 있어. 고기 때문이야. 너무 많은 고기를 먹었어. 그 목숨들이 고스란히 그 자리에 걸려 있는 거야. 틀림없어. 피와 살은 모두 소화돼 몸 구석구석으로 흩어지고, 찌꺼기는 배설됐지만, 목숨들만은 끈질기게 명치에 달라붙어 있는 거야.

한번만, 단 한번만 크게 소리치고 싶어. 캄캄한 창밖으로 달려나가고 싶어. 그러면 이 덩어리가 몸 밖으로 뛰쳐나갈까. 그럴 수 있을까.

아무도 날 도울 수 없어.

아무도 날 살릴 수 없어.

아무도 날 숨쉬게 할 수 없어.

*

　장모를 택시에 태워 보내고 돌아오자 병실이 어두웠
다. 소란에 질린 여고생과 그 어머니가 일찌감치 텔레비
전과 불을 끄고 커튼을 친 것이었다. 아내는 잠들어 있
었다. 나는 보조침대에 옹색하게 누워 잠을 청했다. 어
디서부터 무엇을 어떻게 정리해야 할지 가닥이 잡히지
않았다. 한가지 사실만은 분명했다. 이런 일은 나에게
일어나선 안 되었다.

　얼핏 든 잠에 꿈을 꾸었다. 내가 누군가를 죽이고 있
었다. 칼을 배에 꽂아 힘껏 가른 뒤 길고 구불구불한 내
장을 꺼냈다. 생선처럼 뼈만 남기고 물컹한 살과 근육을
모두 발라냈다. 그러나 내가 죽인 사람이 누구인지는 잠
에서 깨어난 순간 잊고 말았다.

　어둑한 새벽이었다. 나는 이상한 충동에 이끌려 아내
가 덮은 담요를 걷어보았다. 캄캄한 어둠을 더듬어보았
다. 흥건한 피도, 파헤쳐진 내장도 없었다. 옆환자의 침
대에서는 쌕쌕 거친 숨소리들이 들려왔는데, 아내는 이
상하리만치 고요했다. 나는 기이한 떨림을 느끼며 검지

손가락을 뻗어 아내의 인중에 대어보았다. 살아 있었다.

다시 잠들었다가 깨었을 때는 이미 병실이 환했다.

"얼마나 깊이 잠드셨는지…… 밥 들어오는 것도 모르시데."

여고생의 젊은 어머니가 말했다. 안쓰러움이 담긴 말투였다. 나는 침대에 놓인 식판을 보았다. 아내는 밥공기를 열어보지도 않고 식판을 그대로 두고 어디로 나갔나? 링거주사도 뽑아버려, 긴 비닐호스의 끝에 피묻은 바늘이 매달려 있었다.

"이 사람 어디 갔습니까?"

입가에 흘린 침자국을 닦으며 나는 물었다.

"우리도 일어나보니까 없던데요."

"뭐라구요? 그럼 절 깨우셨어야죠."

"하도 곤하게 주무시길래…… 사정이 있나보다 했죠, 우리야."

젊은 어머니는 난감한 듯, 다소 화가 난 듯 얼굴을 붉혔다.

나는 옷매무새를 여미고 뛰어나갔다. 긴 복도와 엘리

베이터 앞을 지나며 다급히 두리번거렸지만 아내의 모습은 보이지 않았다. 초조했다. 이날 오전엔 회사에 얘기해 두시간 늦게 출근하기로 해뒀으니, 그사이에 퇴원수속을 밟을 참이었다. 집으로 돌아가는 길에, 일단은 모든 것이 꿈이었다고 생각하자고 아내에게, 그리고 자신에게 타이를 생각이었다.

엘리베이터를 타고 일층으로 내려갔다. 로비에도 아내는 없었다. 숨가쁘게 좌우를 살피며 달려나간 병원 뜰에는 아침식사를 마친 환자들이 나와 있었다. 이른아침 한때의 서늘함을 맛보러 나온 것이다. 장기입원 환자들인지 지치고 쓸쓸한, 그러나 나름대로 평화로운 모습들이었다. 물이 나오지 않는 분수가 가까워졌을 때, 웅성거리며 모여 있는 사람들이 보였다. 나는 그들의 어깨를 헤치고 앞으로 나아갔다.

아내는 분수대 옆 벤치에 앉아 있었다. 환자복 상의를 벗어 무릎에 올려놓은 채, 앙상한 쇄골과 여윈 젖가슴, 연갈색 유두를 고스란히 드러내고 있었다. 그녀는 왼쪽 손목의 붕대를 풀어버렸고, 피가 새어나오기라도 하는 듯 봉합부위를 천천히 핥고 있었다. 햇살이 그녀의 벗은 몸과 얼굴을 감쌌다.

"언제부터 저러고 있었던 거래요?"

"세상에…… 정신병동에서 나왔나봐, 젊은 여자가."

"지금 쥐고 있는 건 뭐야?"

"빈손 아니야?"

"아녜요. 뭘 꼭 쥐고 있는 것 같아."

"아, 저기 봐요. 인제들 오시네."

뒤를 돌아보자, 심각한 얼굴의 남자 간호사와 중년의 경비가 이편으로 뛰어오는 것이 보였다.

나는 마치 타인인 듯, 구경꾼들 중의 한 사람인 듯 그 광경을 바라보았다. 지쳐 보이는 아내의 얼굴을, 루주가 함부로 번진 듯 피에 젖은 입술을 보았다. 물끄러미 구경꾼들을 바라보던, 물을 머금은 듯 번쩍거리는 그녀의 눈이 나와 마주쳤다.

나는 저 여자를 모른다,라고 나는 생각했다. 그것은 사실이었다. 거짓말이 아니었다. 그러나 어쩔 수 없는 책임의 관성으로, 차마 움직여지지 않는 다리로 나는 그녀에게 다가갔다.

"여보, 뭘 하고 있어, 지금."

나는 낮은 소리로 속삭였다. 아내의 무릎에 놓인 환자복을 들어 그녀의 볼품없는 가슴을 가렸다.

"더워서……"

아내는 희미하게 웃었다. 내가 잘 알고 있다고 믿었던, 그녀 특유의 수수한 미소였다.

"더워서 벗은 것뿐이야."

아내는 칼자국이 선명한 왼손으로 자신의 이마에 쏟아지는 햇빛을 가렸다.

"……그러면 안 돼?"

나는 아내의 움켜쥔 오른손을 폈다. 아내의 손아귀에 목이 눌려 있던 새 한마리가 벤치로 떨어졌다. 깃털이 군데군데 떨어져나간 작은 동박새였다. 포식자에게 뜯긴 듯한 거친 이빨자국 아래로, 붉은 혈흔이 선명하게 번져 있었다.

몽고반점

*

    짙은 보라색 커튼이 무대를 덮었다. 반라의 무용수들
은 자신들의 모습이 보이지 않게 될 때까지 힘차게 손을
흔들었다. 객석의 박수소리는 컸고 간혹 "브라보!" 하는
고함소리가 들려왔으나 커튼콜은 없었다. 환호는 순식
간에 사그라졌고, 관객들은 주섬주섬 짐과 옷을 챙겨 통
로를 찾았다. 그도 꼬고 있던 다리를 풀고 일어섰다. 환
호의 오분여 동안 그는 단 한차례의 박수도 치지 않았
다. 팔짱을 낀 채, 열광에 목마른 무용수들의 간절한 눈
과 입술을 잠자코 올려다보았다. 그는 그들의 노고에 연
민과 경의를 함께 느꼈으나, 자신의 박수가 안무가에게

보내지기를 원치 않았다.

그는 공연장 밖의 홀을 가로질러가며, 이제 쓸모없는 것이 되어버린 공연포스터를 일별했다. 시내 서점에서 우연히 저 포스터를 발견하고 그는 몸을 떨었었다. 방금 끝난 마지막 공연을 행여 놓칠까봐 불안해하며 서둘러 전화예약을 했다. 포스터에는 벌거벗은 남녀가 등을 보인 채 비스듬히 앉아 있었다. 그들의 목덜미에서부터 엉덩이까지 붉고 푸른 꽃과 줄기, 무성한 잎사귀가 그려져 있었다. 그 앞에서 그는 두려웠고, 흥분했으며, 압도되었다. 일년여 전부터 그를 사로잡았던 이미지가 전혀 알지 못하는 다른 사람 ─ 안무가 ─ 에게서 흘러나온 것을 그는 믿을 수 없었다. 과연, 그가 꿈꾸어왔던 대로 그 이미지가 펼쳐질 것인가. 불이 꺼지고 공연이 시작될 때까지 그는 물 한모금 마실 수 없을 만큼 긴장해 있었다.

그러나 아니었다. 홀에 들어찬, 화려하고 외향적으로 보이는 무용계 사람들을 피해 그는 지하철역으로 이어지는 출구를 향해 나아갔다. 몇분 전까지 극장을 가득 채웠던 전자음악, 현란한 의상, 과장된 노출과 성적 몸짓들 속에 그가 찾던 것은 없었다. 그가 찾았던 것은 더 고요한 것, 더 은밀한 것, 더 매혹적이며 깊은 것이었다.

일요일 오후의 지하철은 한산했다. 포스터와 같은 사진이 표지에 인쇄된 프로그램을 들고 그는 출입문 가까이 섰다. 집에는 아내와 다섯살 난 아들이 있었다. 휴일이라도 함께 있고 싶어하는 아내의 희망을 알면서, 그는 이 공연을 위해 한나절을 바쳤다. 소득이 있었을까. 있었다면 다시 환멸을 맛보았다는 것, 결국은 자신이 그것을 실현할 수밖에 없다는 걸 깨달았다는 것이었다. 그가 꿈꾸는 것을, 대체 어떻게 다른 누군가가 대신 끄집어내줄 수 있겠는가. 얼마 전 일본작가 Y의 설치작품에서 유사한 비디오작업을 보았을 때와 같은 씁쓸한 느낌이었다. 난교의 장면을 담은 그 테이프에는 나신 가득 알록달록한 물감칠을 한 여남은 명의 남녀가 역시 사이키델릭한 음악 속에서 서로의 몸을 탐하고 있었다. 물밖에 던져진 목마른 물고기들처럼 그들은 쉴새없이 퍼덕거렸다. 물론 그 자신에게도 그런 갈증이 있었다. 그러나 그렇게 드러내고 싶은 건 아니었다. 분명히 그것은 아니었다.

어느 틈에 지하철은 그가 사는 아파트촌을 지나쳐가

고 있었다. 그에게는 처음부터 내릴 생각이 없었다. 그는 어깨에 멘 가방에 공연프로그램을 쑤셔넣었다. 점퍼 주머니에 두 주먹을 찔러넣고, 차창에 비친 객실 내의 풍경을 보았다. 빠지기 시작한 머리털을 야구모자로, 제법 늘어진 아랫배를 점퍼로 가린 중년의 남자가 자신이라는 것을 어렵지 않게 받아들였다.

*

마침 작업실 문은 잠겨 있었다. 일요일 오후는 거의 유일하게 그 혼자서 작업실을 쓸 수 있는 시간이었다. 기업 메세나 운동의 일환으로 K그룹에서 본사건물 지하 이층에 제공한 이 여덟 평의 공간에서는 네 명의 비디오작가들이 컴퓨터 하나씩을 붙들고 작업했다. 고가의 장비들을 무상으로 사용할 수 있다는 것만으로 감지덕지였지만, 혼자일 때에만 몰입이 되는 그의 예민한 성격으로는 불편한 점이 한둘이 아니었다.

경쾌한 딸깍, 소리를 내며 문이 열렸다. 그는 어두운 벽을 더듬어 불을 켰다. 문을 잠그고, 야구모자를 벗고,

점퍼를 벗고, 가방을 내려놓고, 입술에 두 손을 얹은 채 잠시 작업실의 좁은 통로를 서성거리다가, 컴퓨터 앞에 앉아 이마를 감싸쥐었다. 가방을 열어 좀전의 공연프로그램과 스케치북, 그리고 마스터테이프를 꺼냈다. 그의 이름과 주소, 전화번호까지 라벨에 적어놓은 그 테이프에는 십여년간 그가 해온 비디오작업의 원본이 모두 들어 있었다. 마지막 작품을 완성해 이 테이프에 저장한 것이 벌써 이년 전의 일이었다. 이년이라면 치명적으로 긴 휴식은 아니지만, 내면을 초조하게 만들 수 있을 만큼의 공백이었다.

그는 스케치북을 펼쳤다. 공연포스터와는 분위기나 터치가 전혀 다르나 발상 자체는 동일한 스케치들이 수십장에 걸쳐 그려져 있었다. 벌거벗은 남녀의 나신들에는 부드럽고 둥근 꽃잎들이 화려하게 바디페인팅되어 있었고, 그들의 교합된 자세는 다소 적나라했다. 긴장된 근육을 느끼게 하는 허벅지, 꽉 조인 엉덩이, 무용수와 같은 깡마른 상체 들이 아니었다면 단순히 도발적인 춘화처럼 보였을 것이다. 그들의 몸은 — 얼굴은 그려져 있지 않았다 — 상황의 자극적인 요소를 상쇄할 만큼 다

부졌고 고요했다.

한순간 이 이미지는 그에게로 왔다. 일년여의 고갈상태가 어떻게든 끝나리라는 것을 예감할 수 있었던, 에너지가 조금씩 뱃속에서부터 꿈틀거리며 올라오기 시작하는 것을 느꼈던 지난겨울이었다. 그러나 그것이 이렇게 파격적인 이미지이리라고 그는 짐작하지 못했다. 그 전까지 그가 해왔던 작업은 다분히 현실적인 것이었다. 후기자본주의 사회에서 마모되고 찢긴 인간의 일상을 3D그래픽과 사실적 다큐 화면으로 구성했던 그에게, 관능적인, 다만 관능적일 뿐인 이 이미지는 흡사 괴물과도 같은 것이었다.

그것은 그에게 오지 않을 수도 있었다. 그의 아내가 그 일요일 오후 그에게 아들을 목욕시켜달라고 하지 않았다면. 그가 아들을 커다란 수건으로 감싸서 안고 나온 뒤, 아내가 아들에게 팬티를 입히는 모습을 보며 "아직도 몽고반점이 제법 크게 남아 있군. 대체 언제나 없어지는 거지?" 하고 묻지 않았다면. 아내가 "글쎄…… 나도 정확한 기억은 없는데. 영혜는 뭐, 스무살까지도 남아 있었는걸" 하고 뜻없이 말하지 않았다면. "스무살?"

하는 그의 물음에 "응…… 그냥, 엄지손가락만 하게, 파랗게. 그때까지 있었으니 아마 지금도 있을 거야"라는 아내의 대답이 뒤따르지 않았다면. 여인의 엉덩이 가운데에서 푸른꽃이 열리는 장면은 바로 그 순간 그를 충격했다. 처제의 엉덩이에 몽고반점이 남아 있다는 사실과, 벌거벗은 남녀가 온몸을 꽃으로 칠하고 교합하는 장면은 불가해할 만큼 정확하고 뚜렷한 인과관계로 묶여 그의 뇌리에 각인되었다.

그의 스케치 속의 여자는 얼굴이 잘려 있을 뿐 처제였다. 아니, 처제여야 했다. 한번도 보지 못한 처제의 알몸을 상상해 처음 그리고, 작고 푸른 꽃잎 같은 점을 엉덩이 가운데 찍으며 그는 가벼운 전율과 함께 발기를 경험했었다. 그것은 결혼한 이후, 특히 삼십대 중반을 지나서는 거의 처음 느끼는, 대상이 분명한 강렬한 성욕이었다. 그렇다면, 여자의 목을 조르듯 껴안고 좌위로 삽입하고 있는 얼굴 없는 남자는 누구인가. 그것이 자신이라는 것을, 자신이어야만 한다는 것을 그는 알았다. 거기까지 생각이 이르렀을 때 그의 얼굴은 일그러졌다.

*

그는 오랫동안 해답을 찾아왔다. 어떻게 이 이미지로부터 달아날 수 있을 것인가를. 그러나 이것이 아니면 안 되었다. 이것만큼 강렬하고 매혹적인 어떤 이미지도 존재하지 않았다. 이것이 아니라면 어떤 작업도 하고 싶지 않았다. 모든 전시와 영화, 공연 따위가 시시하게 느껴졌다. 오로지 이것이 아니라는 이유로.

어떻게 이 이미지를 실현시킬 수 있을지 그는 백일몽처럼 궁리하곤 했다. 그림 그리는 친구의 작업실을 빌려 조명을 설치하고, 바디페인팅할 물감과 바닥에 깔 흰 시트를 준비하고…… 그렇게 생각을 이어가다보면 가장 중요한, 처제를 설득하는 일이 남아 있었다. 처제가 아닌 다른 여자로 대체할 수 없을까를 두고 오래 번민하다가 문득 그에게 떠오른 것은, 어떻게 그가 포르노그래피를, 명백하기 짝이 없는 포르노그래피를 연출해 찍을 수 있겠는가 하는 뒤늦은 의문이었다. 처제가 아니라 어떤 여자라도 그것에 응할 수 없을 것이다. 그렇다면 고액을 지불해 전문배우를 고용한다? 백번 양보해 촬영을 해내

더라도, 그것을 과연 전시할 수 있을까. 그때까지 그는 자신이 사회적 이슈에 대한 작품으로 화를 겪을 수도 있으리라는 상상은 해본 적이 있었지만, 음란물을 제작한 자로 낙인찍힐 수 있다는 생각은 미처 해보지 못했다. 작품을 만들며 그는 언제나 자유로웠으므로, 자신에게 무한정의 자유가 허락되지 않았을지도 모른다는 생각조차 실감한 적이 없었다.

그 이미지만 아니었다면 이 모든 조바심, 불편함, 불안, 고통스러운 의심과 자기검열을 겪지 않아도 좋았을 것이다. 그의 선택으로 인한 발걸음 한번에 그가 이뤄온 ─ 대단찮은 것이었으나 ─ 모든 것을, 가정마저 잃을 수도 있다는 공포를 경험하지 않았어도 좋았을 것이다. 많은 것들이 그의 안에서 균열을 일으키고 있었다. 자신은 정상적인 인간인가. 또는 제법 도덕적인 인간인가. 스스로를 제어할 수 있는 강한 인간인가. 확고하게 알고 있다고 생각했던 이 질문들의 답을 그는 더이상 안다고 말할 수 없게 되었다.

딸깍, 열쇠소리가 들려 그는 스케치북을 덮고 몸 쪽으로 끌어왔다. 혹시라도 그것이 펼쳐져 누군가의 눈에 띄기를 그는 원치 않았다. 자신의 스케치나 착상을 보여주는 데 그리 인색하지 않았던 그에게는 역시 낯선 경험이었다.

"선배!"

들어온 사람은 긴 머리를 질끈 묶은 후배 J였다.

"이런, 아무도 없을 줄 알았더니."

그는 짐짓 느긋하게 허리를 뒤로 젖히며 웃어주었다.

"커피 한잔 할래요?"

J가 동전을 주머니에서 꺼내들며 말했다. 그는 고개를 끄덕였다. J가 자판기 커피를 뽑으러 간 동안, 그는 더 이상 자신만의 공간이 아닌 작업실을 둘러보았다. 듬성듬성 정수리가 드러난 것이 신경쓰여 야구모자를 눌러썼다. 오래 억눌러온 고함 같은 것이 기침처럼 터져나올 것 같다고 그는 느꼈다. 그는 허둥지둥 가방에 물건들을 쓸어넣은 뒤 작업실을 빠져나왔다. J와 마주치지 않기 위해 걸음을 빨리해 비상계단 반대편에 있는 엘리베이터로 향했다. 거울처럼 번들거리는 엘리베이터의 출입문에 비친 자신의 얼굴을 보고, 충혈된 자신의 두 눈이 마치 눈물을 흘린 것 같다고 생각했다. 아무리 기억을

더듬어도 그가 작업실에서 눈물 따위를 흘린 기억은 없었다. 그러자, 그 벌겋게 금이 간 눈을 향해 그는 침을 뱉고 싶어졌다. 수염이 거뭇거뭇한 두 뺨을 피가 비칠 때까지 후려치고, 욕망으로 부풀어오른 추한 입술을 구둣발로 짓이기고 싶었다.

*

"늦었네요."

아내는 서운한 기색을 애써 감추며 그를 맞았다. 아들은 그를 반기는 둥 마는 둥 가지고 놀던 플라스틱 포클레인에 다시 열중했다.

대학가에서 화장품가게를 운영하는 아내는 아이를 낳은 뒤 일을 종업원들에게 맡기고 밤에 카운터만 챙겼으나, 지난해부터 아이가 어린이집에 다니자 다시 가게 일을 직접 꾸리기 시작했다. 덕분에 늘 고단해했지만, 아내는 천성적으로 참을성이 많은 편이었다. 그에게 일요일 하루만 시간을 비워달라는 것은 아내의 거의 유일한 요구사항이었다. "나도 좀 쉬고 싶어요. ……당신에

게도 아이와 보내는 시간이 필요하지 않아요?" 아내의
수고를 덜어줄 사람이 자신뿐이라는 것을 그는 알고 있
었다. 한마디 불평도 없이 안팎의 살림을 혼자 해내는
아내가 고맙기도 했다. 그러나 이즈음, 아내를 볼 때마
다 겹쳐 떠오르는 처제의 얼굴 때문에 그의 마음은 집에
서는 한순간도 편치 않았다.

"저녁은 먹었어요?"

"대충."

"제대로 먹어야지, 왜 대충 먹어요."

그는 서름서름한 눈길로 아내의 지친, 남편에 대해 얼
마간 체념한 듯한 얼굴을 바라보았다. 스무살 초입에 했
다는 쌍꺼풀 수술이 자연스럽게 되어 아내의 눈매는 깊
고 뚜렷했다. 갸름한 얼굴선이며 목선도 고운 편이었다.
모르긴 해도 처녀 때 두 평 반으로 시작한 화장품가게가
해가 다르게 성업한 것은 아내의 서글서글한 인상 덕이
컸을 것이다. 그러나 아내의 무엇인가가 그의 취향을 살
짝 비껴가 있음을 그는 처음부터 알고 있었다. 이목구비
며 체격이며 사려깊은 성격까지 오래전부터 그가 찾아
온 여자의 이미지였는데, 무엇이 부족하게 느껴지는지

딱히 짚어내지 못한 채 그는 결혼을 결심했다. 정확히 그것이 무엇인지 안 것은 처음 처제를 소개받은 가족모임에서였다.

처제의 외꺼풀 눈, 아내 같은 비음이 섞이지 않은, 다소 투박하나 정직한 목소리, 수수한 옷차림과 중성적으로 튀어나온 광대뼈까지 모두 그의 마음에 들었다. 아내와 비교한다면 훨씬 못생겼다고도 할 수 있는 처제의 모습에서, 가지를 치지 않은 야생의 나무 같은 힘이 느껴졌다. 그렇다고 그때부터 처제에게 다른 마음을 품은 것은 결코 아니었다. 그저 마음에 드는구나, 자매이고 닮은 부분이 많은데도 미묘하게 느낌이 다르구나 하는 생각을 스쳐가듯 했을 뿐이었다.

"밥 차려요, 말아요?"

아내가 채근하듯 물었다.

"먹었다니까."

마음의 혼돈으로 인한 피로를 느끼며 그는 욕실문을 열었다. 불을 켠 순간 아내의 혼잣말이 귀에 꽂혔다.

"가뜩이나 영혜 때문에 마음이 아리는데 당신은 종일 연락도 없고, 애는 감기 때문에 나한테서 떨어지지도 않고……"

한숨소리에 이어 아내는 아들을 향해 소리쳤다.

"뭐 하니, 와서 약 먹으라니까."

오라고 해도 아이가 한참 뜸을 들이곤 하는 것을 알고, 아내는 천천히 가루약을 숟가락에 털어붓고 딸기색 시럽에 개었다. 그는 욕실문을 닫고 나와 아내에게 물었다.

"처제한테 왜, 무슨 일이 또 있어?"

"결국 이혼서류 접수시켰다잖아요. 정서방도 이해 못 할 건 아니지만, 야속해요. 그러고 보면 부부란 게 참 허무해."

"내가……"

그는 말을 더듬었다.

"내가, 한번 처제를 만나볼까?"

아내의 얼굴이 반짝 생기를 띠었다.

"그래줄래요? 우리집엔 암만 오래도 오지 않고, 그래도 당신이 만나자면 어려워서라도…… 하긴, 걔가 그런 어려운 거 알 앤 아니지만. 어쩌다 그렇게 돼버렸는지."

그는 정 많은 아내의 책임감있는 얼굴을, 숟가락의 약을 쏟을까 조심하며 아들에게 다가가는 신중한 뒷모습을 보았다. 좋은 여자다, 하고 그는 생각했다. 처음부터 지금까지 아내는 언제나 좋은 여자였다. 좋기만 한 것이 오히려 답답하게 느껴지는, 그런 여자였다.

"내일이라도 연락을 해볼게."

"전화번호 줘요?"

"아니, 나한테 있어."

은밀히 터질 듯한 가슴을 의식하며 그는 욕실문을 닫았다. 샤워기의 물이 요란한 소리와 함께 욕조로 떨어져내리는 것을 보며 옷을 벗었다. 두달 가까이 아내와 섹스하지 않았다는 것을 그는 알고 있었다. 그러나 지금 그의 성기가 부풀어오른 것이 아내 때문이 아니란 것도 알고 있었다.

오래전 아내와 함께 들렀던 처제의 자취방을, 거기 웅크려 누워 있을 처제를, 그보다 오래전 피투성이로 그의 등에 업혔던 처제의 몸을, 고스란히 전해져왔던 가슴과 엉덩이의 감촉을, 그리고 바지 한겹만 벗기면 낙인처럼 푸르게 찍혀 있을 몽고반점을 상상한 순간, 온몸의 피가 거기 모였던 것이다.

물컹물컹한 환멸을 씹으며 그는 선 채로 자위를 했

다. 샤워기 아래로 뛰어들어 정액을 씻어내며 그는 웃음
도 울음도 아닌 신음을 냈다. 물이 너무 차가웠기 때문
이었다.

*

그러니까 이년 전 여름의 초입, 처제는 그의 집에서
손목을 그었다. 그의 가족이 평수를 넓혀 이사한 뒤 처
가 쪽 식구들이 모두 모여 점심을 먹던 자리였다. 처가식
구들은 고기를 유난히 즐기는 편인데, 처제가 어느 날부
턴가 채식을 한다면서 고기를 먹지 않은 것이 장인을 비
롯한 모두의 심기를 불편하게 한 모양이었다. 처제가 딱
할 만큼 말라 있었으므로, 그들이 그녀를 심하게 나무란
것도 이해 못할 바는 아니었다. 그러나 베트남 참전용사
출신의 장인이 반항하는 처제의 뺨을 때리고, 우격다짐
으로 입 안에 고깃덩어리를 밀어넣은 것은 아무리 돌아
봐도 부조리극의 한 장면처럼 믿기지 않는 것이었다.

그러나 그보다 선명하고 섬뜩하게 기억되는 것은 그
순간 터져나온 처제의 비명소리였다. 고깃덩어리를 뱉

어낸 뒤 과도를 치켜들고 그녀는 가족들의 눈을 차례로 쏘아보았다. 흡사 궁지에 몰린 짐승처럼 그녀의 눈은 불안정하게 희번덕이고 있었다.

마침내 그녀의 손목에서 피가 솟구쳤을 때, 그는 홑이불을 찢어 그 자리를 묶은 뒤 허깨비 같은 그녀의 몸을 들쳐업었다. 자신에게 그런 결단력과 순발력이 있다는 것에 놀라며 주차장을 향해 내처 달렸다.

혼절한 그녀가 응급치료를 받는 모습을 지켜보던 한 순간, 그는 무엇인가가 탁 하고 자신의 몸에서 빠져나가는 소리를 들었다. 그것이 어떤 느낌이었는지 그는 지금까지도 정확히 설명해낼 수 없었다. 누군가가 그의 눈앞에서 스스로의 목숨을 쓰레기처럼 던져버리려 했고, 그 사람의 피가 그의 흰 셔츠를 흠뻑 적셨고, 그의 땀과 뒤섞인 그것은 차츰 갈색으로 꾸덕꾸덕 말라갔다.

그녀가 살았으면 하고 그는 바랐지만, 동시에 그것이 무엇을 의미하는가를 그는 의문했다. 그녀가 자신의 목숨을 내던져버리려 했던 순간은 인생의 코너 같은 거였을 것이다. 아무도 그녀를 도울 수 없었다. 모든 사람이 —강제로 고기를 먹이는 부모, 그것을 방관한 남편이나 형제자매까지도 — 철저한 타인, 혹은 적이었을 것이다. 지금 그녀가 다시 깨어난다 한들 그 상황이 변해 있을 리는 없다. 이번의 시도는 충동적이었지만 그녀는 다시 시도할 수도 있다. 그때에는 좀더 주도면밀하게 모든 것을 진행해, 이렇게 방해받는 일 따위는 없을 수도 있다. 문득 그는 차라리 그녀가 깨어나지 않길 바라고 있다는 것을, 다시 깨어난다는 상황이 오히려 막연하고 지긋지긋해, 눈을 뜬 그녀를 창밖으로 던져버리고 싶어질지도 모른다는 것을 깨달았다.

처제가 위기를 넘긴 뒤 그는 동서가 쥐여준 돈으로 매점에서 셔츠를 사 갈아입었다. 피비린내 나는 옷을 버리는 대신 공처럼 뭉쳐들고 택시에 오르며, 그는 자신이 마지막으로 마무리했던 작업을 떠올리고 있었다. 그것들이 견딜 수 없는 고통을 주는 것으로 기억된다는 데 그는 놀랐다. 그가 거짓이라 여겨 미워했던 것들, 숱한 광고와 드라마, 뉴스, 정치인의 얼굴들, 무너지는 다리와 백화점, 노숙자와 난치병에 걸린 아이들의 눈물들을 인상적으로 편집해 음악과 그래픽 자막을 넣었던 작품이었다.

그는 문득 구역질이 났는데, 그 이미지들에 대한 미움과 환멸과 고통을 느꼈던, 동시에 그 감정들의 밑바닥을 직시해내기 위해 밤낮으로 씨름했던 작업의 순간들이 일종의 폭력으로 느껴졌기 때문이었다. 그 순간 갑자기 그의 정신은 경계를 넘어, 거칠게 운전 중인 택시 문을 열고 아스팔트 바닥을 구르고 싶어졌다. 그는 더이상 그 현실의 이미지들을 견딜 수 없었다. 다시 말해, 그것들을 다룰 수 있었을 때 그는 충분히 그것들을 미워하지 않았던 것 같았다. 혹은, 충분히 그것들로부터 위협당하지 않았던 것 같았다. 그러나 그 순간, 처제의 피비린내가 코를 찌르는, 푹푹 찌는 여름 오후의 택시 안에서 그 모든 것들이 그를 위협했고, 구역질나게 했고, 숨을 쉴 수 없게 했다. 앞으로 오랫동안 자신이 작업할 수 없을지도 모른다는 생각을 그는 그때 했다. 단 한순간에 그는 지쳤고, 삶이 넌더리났고, 삶을 담은 모든 것들을 견딜 수 없었다.

십여년 동안 자신이 해온 모든 작업이 조용히 그에게서 등을 돌리고 있었다. 그것은 더이상 그의 것이 아니었다. 그가 알았던, 혹은 안다고 믿었던 어떤 사람의 것이었다.

*

수화기 저편에서 처제는 말이 없었다. 그녀는 분명히
전화를 받았고, 숨소리 같은 것이 어렴풋이 들렸으며,
무엇인가 달그락거리는 소리가 거기 겹쳐졌다.

"여보세요."

그는 무겁게 입을 떼었다.

"처제, 나야. 듣고 있어? 지우엄마가……"

스스로를 경멸하며, 자신의 위선과 책략을 소름끼치
게 실감하며 그는 말을 이었다.

"하도 걱정을 해서 말이지."

아무 대답도 들려오지 않는 수화기 저편을 향해 그는
짧은 숨을 뱉었다. 언제나 그렇듯 처제는 지금 맨발일
것이다. 수개월간의 정신과병동 생활을 끝내고, 처제와
다시 같이 사느니 자신이 병원으로 들어가겠다는 아랫
동서를 처가식구들이 모두 나서서 달래는 동안 그녀는
그의 집에 와서 지냈다. 마침내 자취방을 얻어 나가기까

지 처제와 함께 지낸 한달은 그다지 어렵지도, 거추장스
럽지도 않았다. 몽고반점 얘기를 듣기도 전이었으므로,
그는 연민과 불가해함만으로 그녀를 바라보았다.

워낙에도 말이 없는 성격이었던 처제는 종일 베란다
에 나가 늦가을 햇볕을 쬐며 낮시간을 보냈다. 화분에서
떨어진 마른 잎사귀들을 잘게 가루내거나, 손바닥을 활
짝 펴 바닥에 그림자를 만들었다. 아내의 손이 바쁠 때
면 지우를 욕실로 데려가 맨발로 차가운 타일을 디딘 채
얼굴을 씻겨주기도 했다.

그런 그녀가 한때 자살을 기도했고, 심지어 사람들
앞에서 토플리스 차림으로 태연히 앉아 있었다는 —
그것은 자살기도 뒤의 일종의 착란증상이었던 것 같았
다 — 것을 그는 믿기 어려웠다. 그 자신이 피투성이의
그녀를 업고 병원으로 달렸는데도, 그 경험이 그에게 그
토록 강한 영향을 미쳤는데도, 마치 다른 여자, 혹은 다
른 시간대의 경험이었던 것처럼 느껴졌다.

단지 그녀에게 특별하달 만한 것이 있다면 여전히 고
기를 먹지 않는다는 것뿐이었다. 처음부터 고기를 먹지
않는다는 것 때문에 가족과도 마찰이 있었고 모든 이상

한 행동들 — 토플리스까지 — 이 뒤따라온 것이었으므로, 아랫동서는 그녀의 채식이야말로 그녀가 조금도 정상으로 돌아오지 않았다는 증거라고 주장했다.

"그저 겉보기에 유순해진 것뿐이라구요. 안 그래도 멍하던 여자가 매일 약을 먹으니 더 멍해진 거지, 달라진 건 없을 거라 이겁니다."

그를 당혹스럽게 한 것은, 그의 동서가 마치 망가진 시계나 가전제품을 버리는 것처럼 당연한 태도로 처제를 버리고자 했다는 것이었다.

"나를 비열한 놈이라고 생각하지 마세요. 최대의 피해자는 나라는 걸 세상사람들이 다 압니다."

동서의 말이 전혀 틀리다고는 할 수 없었으므로 그는 아내와 달리 중립을 지켰다. 아내는 정식 이혼만은 미루고 경과를 지켜보자며 동서에게 애원했으나, 동서는 냉담했다.

유난히 이마가 좁고 하관이 빨라 강퍅해 보이는 첫인상부터 마음에 들지 않았던 동서의 얼굴을 지워내며, 그는 다시 그녀를 불렀다.

"처제, 대답해봐. 무슨 말이든 해봐."

끊어야 하나, 생각했을 때 그는 숨을 놓았다.

"……물이 끓어요."

처제의 목소리는 깃털처럼 무게가 없었다. 음울하지 않았고, 병자처럼 멍하지도 않았다. 그렇다고 밝거나 경쾌한 것은 아니었다. 어디에도 속하지 않은 사람, 경계에 가 있는 사람의 덤덤한 음성이었다.

"불끄러 가야 돼요."

"처제, 내가……"

그녀가 전화를 끊으려 했으므로 그는 황급히 말했다.

"내가 지금 거기 가도 되겠어? 오늘 어디 나가지 않고 있을 거지?"

잠시의 침묵 뒤 전화가 끊겼다. 그는 수화기를 내려놓았다. 손아귀에 흠뻑 땀이 배어 있었다.

*

그가 처제를 달리 생각하게 된 것은 분명히 아내에게서 몽고반점에 대한 말을 들은 다음이었다. 그러니까, 그전에 그는 조금도 처제에게 딴마음을 품은 적이 없었다. 처제가 그의 집에 있는 동안 보였던 행동들을 기억할 때 그의 몸에서 치밀어오르는 관능은 추체험에 불과한 것이었다. 베란다에서 손을 활짝 벌려 그림자를 만드는 그녀의 넋잃은 모습, 그의 아들을 씻길 때 헐렁한 트레이닝복 바지 아래로 드러나던 흰 발목, 방심한 자세로 비스듬히 앉아 텔레비전을 보던 모습, 반쯤 벌린 다리, 흐트러진 머리칼을 기억할 때마다 그의 몸은 뜨거워졌다. 그 모든 기억 위로 푸른빛 몽고반점이 찍혀 있었다. 퇴화된, 모든 사람에게서 사라진, 오로지 어린아이들의 엉덩이와 등만을 덮고 있는 반점. 오래전 갓난 아들의 엉덩이를 처음 만지며 느꼈던 말랑말랑한 감촉의 희열과 겹쳐져, 그녀의 한번도 보지 못한 엉덩이는 그의 내면에서 투명한 빛을 발했다.

이제는, 그녀가 고기를 먹지 않는다는 것 ― 곡식과 나물과 날야채만 먹는다는 것마저 그 푸른 꽃잎 같은 반점의 이미지와 떼어놓을 수 없을 만큼 어울리게 느껴졌으며, 그녀의 동맥에서 넘쳐나온 피가 그의 흰 셔츠를 흠뻑 적시고 꾸덕꾸덕 짙은 팥죽색으로 굳게 했다는 것은 그의 운명에 대한 해독할 수 없는, 충격적인 암시처럼 느껴지기도 했다.

　그녀의 방은 D여대 근처의 붐비지 않는 자취방 골목
에 있었다. 아내의 당부대로 양손 가득 과일을 사들고
그는 다세대건물 앞에 서 있었다. 제주산 청견과 사과와
배, 철 아닌 딸기까지. 손매듭과 팔이 아파왔지만, 그녀
의 방에 들어가서 그녀를 맞닥뜨린다는 것이 일종의 공
포를 불러일으킨다는 것을 깨달으며 그는 주저하고 있
었다.

　결국 과일들을 일단 내려놓고, 그는 휴대폰 폴더를 열
어 그녀의 전화번호를 눌렀다. 꼭 열번의 신호음이 울릴
때까지 그녀는 전화를 받지 않았다. 그는 과일들을 들고
계단을 오르기 시작했다. 삼층 코너에 이르러 십육분음
표가 그려진 초인종 단추를 눌렀다. 짐작대로 답이 없었
다. 문고리를 돌려보았다. 뜻밖에 열려 있었다. 어느새
머리칼을 적신 식은땀을 닦느라고 그는 야구모자를 벗
었다가 다시 썼다. 옷매무새를 바로 하고, 숨을 크게 들
이마시고, 그는 마침내 문을 열었다.

*

　원룸의 구조로 된 남향의 실내는 시월 초입의 가을볕
이 부엌까지 들어 고즈넉한 느낌을 주었다. 아내가 입다
주었는지 눈에 익은 옷가지들이 아무렇게나 바닥에 널
려 있고, 손가락 마디만 한 먼지 덩어리들 몇이 굴러다
니고 있었지만 어쩐지 지저분하게 느껴지지는 않았다.
가구가 거의 없는 집이라서인지도 몰랐다.

　그는 양손에 들고 있던 과일을 현관에 내려놓은 뒤 구
두를 벗고 들어갔다. 인기척이 없었다. 그녀는 어디로
간 것일까. 그가 올 것을 알고 미리 밖으로 나간 것일까.
텔레비전도 없어, 콘센트 두개와 그 옆으로 뚫린 안테나
구멍이 벽 가운데 살풍경하게 드러나 있었다. 아내가 설
치한 전화기만 동그마니 놓인 거실 겸 침실의 끝에 매트
리스가 있었고, 그 위로 이불 한채가 방금 사람이 빠져
나온 듯한 동굴 모양으로 나른하게 부풀어 있었다.

　공기가 탁하게 느껴져 베란다문을 반쯤 연 찰나였다.
갑작스런 사람의 기척에 그는 화들짝 뒤를 돌아보았다.
그는 숨을 멈췄다.

그녀가 욕실문을 열고 나오고 있었다. 물소리 따위가
전혀 들리지 않았기 때문에 그는 그녀가 거기 있으리라
곤 상상도 하지 못했다. 그러나 그가 정말 놀란 것은, 그
녀가 벌거벗고 있었기 때문이었다. 물기가 전혀 묻어 있
지 않은 알몸으로, 자신도 조금 놀란 듯 그녀는 멍하게
서 있었다. 그러더니 주섬주섬 바닥에 널린 옷가지를 끌
어다 자신의 몸을 가렸다. 부끄럽거나 당황해서가 아니
라, 으레 이런 경우에는 이렇게 해야 하니까,라는 듯 담
담한 태도였다.

그녀가 등을 보이지도 않은 채 태연히 옷을 입는 동안
당연히 그는 시선을 돌리거나 서둘러 밖으로 나가 있어
야 했을 것이다. 그러나 그는 오히려 그 자리에 붙박여
서서 그녀를 뚫어지게 바라보았다. 그녀는 채식을 시작
했을 때처럼 비쩍 마르지 않았다. 병원에서부터 차츰 체
중이 불었고, 그의 집에서도 잘 먹은 덕분에 그녀의 가
슴은 말랑말랑하게 살집이 붙어 있었다. 허리는 놀랄 만
큼 가파른 곡선으로 오목하게 휘어 있었고, 많지 않은
숱의 체모, 허벅지에서 종아리로 이어지는 선 역시 볼륨
감이 부족하다는 것 외에는 군더더기 없이 매혹적이었

다. 성욕을 불러일으키기보다는 가만히 바라보고 싶어지는 몸이었다. 막상 그녀의 엉덩이에 남은 몽고반점을 보지 못했다는 자각은 그녀가 옷을 모두 추슬러 입은 뒤에야 그에게 왔다.

"미안해."

그는 그제야 더듬더듬 변명했다.

"문이 열려 있길래, 잠깐 나간 줄 알고."

"……괜찮아요."

이번에도, 으레 그렇게 대답해야 하므로 하는 말처럼 그녀가 말했다.

"혼자 있을 땐, 그냥 이게 편해서요."

그렇다면. 그는 환하게 비워지는 머릿속을 정리했다. 그녀는 늘 집 안에서 옷을 벗고 지낸다는 얘기였다. 그러자, 좀전에 그녀의 알몸을 보았을 때는 오히려 괜찮았던 몸이 당혹스럽게 부풀어오르는 것이 느껴졌다. 그는 야구모자를 벗어들었다. 발기된 상태를 감추기 위해 바닥에 엉거주춤 앉았다.

"드릴 게 없는데……"

좀전에 똑똑히 본 대로 팬티도 입지 않고 진회색 트레

이닝복 바지를 입은 그녀가 부엌 쪽으로 걸어갔다. 그다지 크거나 육감적이지 않은 그녀의 엉덩이가 조용히 흔들리는 것을 보았을 때, 그는 자신도 모르게 목울대를 떨며 침을 삼켰다.

"그냥 둬…… 아니면 저 과일이나 먹지."

흥분을 가라앉힐 시간을 벌기 위해 그는 말했다.

"그럴까요?"

그녀는 현관으로 되돌아와 사과와 배를 집어 싱크대로 갔다. 물소리와 접시 달그락거리는 소리를 들으며 그는 살풍경한 콘센트들의 구멍과 전화기의 각진 버튼들에 집중하려 했다. 그러나 더더욱 선명하게 그녀의 불두덩이 떠올랐고, 꽃잎이 채색된 엉덩이, 그가 반복해 그렸던 교합한 남녀의 체위가 한데 겹쳐져 그의 머리를 들쑤셨다.

사과와 배가 담긴 접시를 들고 온 그녀가 그의 앞에 앉았을 때, 그는 번들거리고 있을 자신의 눈을 감추기 위해 고개를 숙였다.

"……사과가 맛있을지 모르겠군."

잠시 침묵을 지키다가 그녀는 말했다.

"이렇게 안 오셔도 돼요."

"응?"

그녀는 가라앉은 목소리로 말을 이었다.

"신경쓰지 않으셔도 돼요. 다시 일자리 알아보고 있어요. 의사선생님이 혼자서 골몰하는 일은 하지 말라고 해서, 백화점 같은 데 다녀볼까 생각하고 있어요. 지난주엔 면접도 봤어요."

"……그래?"

그것은 뜻밖의 일이었다. "평생 저 모양으로, 매일같이 정신과 약을 먹으면서, 남편에게 생계를 의탁하며 사는 아내를 형님이라면 견딜 수 있겠어요?"라고 언젠가 동서는 그와의 통화에서 술취한 음성으로 말했다. 동서의 짐작은 틀렸다. 그녀는 그렇게까지 미치지는 않았던 것이다.

"그러지 말고, 언니 가게에서 일하는 건 어때?"

눈을 떨군 채, 그는 마침내 그녀를 찾아온 용건을 말했다.

"적지도 않은 월급 남 주느니 그게 좋겠다고, 지우엄마 간절한 바람이야. 서로 믿을 수 있고, 언니로서 가까이 두고 보니 마음도 편할 거고, 백화점보다 일도 고되지 않을 텐데."

조금씩 흥분이 가라앉는 것을 느끼며 그는 말을 이었다. 점차 그녀의 얼굴을 똑바로 마주볼 수 있었다. 그제야 그는 그녀의 표정이 마치 수도승처럼 담담하다는 것을 알았다. 지나치게 담담해, 대체 얼마나 지독한 것들이 삭혀지거나 앙금으로 가라앉고 난 뒤의 표면인가, 하는 두려움마저 느끼게 하는 시선이었다. 단지 옷을 벗고 있었다는 이유만으로 한폭의 춘화를 보듯 그녀를 보았던 자신을 그는 자책했다. 그러나 그 잠깐의 영상이, 언제든 다시 불꽃을 품고 타들어갈 수 있는 화인으로 그의 눈에 찍혀버렸다는 것을 그는 부인할 수 없었다.

"배도 드세요."

그녀는 그에게 접시를 밀어주었다.

"처제도 먹어."

그녀는 포크 대신 손으로 배 한조각을 집어 베어물었다. 생각에 잠긴 그녀의 조용한 어깨를 껴안고 싶은 충동을, 달고 끈끈한 배즙이 묻은 그녀의 집게손가락을 빨고, 입술과 혀의 마지막 단 즙까지 핥아내고 싶은, 헐렁

한 트레이닝복 바지를 힘껏 끌어내리고 싶은 충동을 두
려워하며 그는 고개를 돌렸다.

*

"잠깐만."

구두를 신으며 그는 말했다.

"나랑 같이 나가지 않겠어?"

"……어딜요?"

"잠깐 걸으면서 얘기 좀 하지."

"형부가 말한 거, 잘 생각해볼게요."

"아니, 그것 말고…… 내가 부탁할 게 있어서."

그는 그녀의 망설이는 얼굴을 마주보았다. 시시각각
밀려드는 이 고통스러운 욕망과 충동에서 빠져나갈 수
있다면, 위험하기 짝이 없는 실내만 아니라면 어디든 좋
았다.

"여기서 얘기하세요."

"아니, 좀 걷고 싶어서. 처제도 종일 이렇게 집에 있으
면 갑갑하지 않아?"

마침내 그녀는 못 이긴 듯 슬리퍼를 신고 그를 따라나왔다. 그들은 말없이 골목을 빠져나와 큰길을 따라 걸었다. 프랜차이즈 아이스크림점의 간판이 눈에 들어왔을 때 그는 물었다.

"아이스크림 좋아해?"

그녀는 새침한 애인처럼 반쯤 웃었다.

둘은 아이스크림점의 창가 자리에 앉았다. 나무 스푼으로 아이스크림을 떠 혀로 핥는 그녀를 그는 말없이 건너다보았다. 마치 그녀의 혀와 그의 몸이 전선으로 연결되어 있는 듯, 그녀의 혀끝이 내밀어질 때마다 전기자극을 받는 것처럼 움찔움찔 떨곤 하는 자신을 발견했다.

그때 그는 생각했다. 방법은 하나뿐인지도 모른다. 이 지옥에서 벗어나는 길은, 이 욕망을 실현하는 것뿐인지도 모른다.

"내 부탁은……"

그녀는 혀끝에 흰 아이스크림을 묻힌 채 말끄러미 눈을 떴다. 몽고인종답게 단순한 선의 외꺼풀 눈 안에서, 작지도 크지도 않은 눈동자가 어렴풋이 빛나고 있었다.

"모델이 되어달라는 거야."

그녀는 웃지도 당황하지도 않았다. 마치 그의 내면을 꿰뚫어보기라도 하려는 듯 조용한 시선으로 그를 응시했다.

"내 전시회에 와본 적 있지?"

"네."

"비슷한 비디오작업이야. 오래 걸리진 않을 거야. 단지…… 옷을 벗어야 하는데."

그는 오히려 자신이 담대해지고 있음을, 더이상 땀이 흐르지 않고 손이 떨리지 않음을 느꼈다. 얼음주머니를 얹은 듯 머리도 차가워졌다.

"옷을 벗고, 몸에 물감칠을 할 거야."

여전히 조용한 시선으로 그를 건너다보며 그녀는 입을 떼었다.

"……그리구요?"

"그러고 있으면 돼. 촬영이 끝날 때까지."

"물감칠을…… 몸에 한다구요?"

"꽃을 그릴 거야."

그녀의 눈이 일순 흔들린 것 같았다. 잘못 본 것인지도 몰랐다.

"힘들지 않을 거야. 한시간에서 두시간 정도면 돼. 언제라도 처제가 편한 시간에."

할말을 다 했다고 여겨졌으므로, 거의 체념한 채 그는 고개를 숙이고 자신의 아이스크림을 보았다. 잘게 부순 땅콩과 저민 아몬드가 얹힌 그것은 천천히 녹아 부드럽게 흘러내리고 있었다.

"……어디서요?"

거품과 함께 녹아내리는 아이스크림에 넋을 놓고 있을 때, 그녀의 물음이 건너왔다. 그녀는 마지막 스푼을 입에 넣고 있었다. 핏기 없는 입술가에 흰 크림이 묻었다.

"친구 작업실을 빌릴까 하는데."

그녀의 얼굴은 적막해 보일 만큼 덤덤해, 도무지 그 안을 들여다볼 수 없었다.

"어……언니한테는."

하지 않아도 좋을 말이라고 생각하며, 그러나 어쩔 수 없다고 생각하며, 말을 더듬는 자신을 찌르듯 환멸하며 그는 말했다.

"비밀……이니까."

그녀는 그의 말에 긍정도 부정도 하지 않았다. 그는 숨을 멈추고, 그녀가 지금 침묵으로 대답하고 있는 것이 무엇인지 알아내기 위해 그녀의 얼굴을 삼킬 듯 응시했다.

*

넓은 창을 통해 들어온 햇빛 덕분에 M의 작업실은 따뜻했다. 작업실이라기보다는 화랑 같은 백여평의 공간이었다. M의 그림들은 알맞은 곳에 걸려 있었고, 화구들은 놀랄 만큼 정연하게 정돈돼 있었다. 그는 작업에 필요한 것들을 모두 준비해왔지만, 그 정돈된 화구를 한번 써보고 싶은 충동이 일 정도였다.

자연광이 드는 작업실을 찾다보니 아주 절친한 사이랄 수는 없는 대학동기 M을 택하게 된 것이었다. 동기들 중 가장 빠른 서른두살의 나이에 수도권 대학의 전임으로 안착했던 M은 이제 얼굴이나 옷차림, 태도에서 교수다운 관록이 느껴졌다.

"뜻밖이었어. 네가 나한테 부탁 같은 걸 다 하고."

한시간쯤 전, 이곳에서 그에게 차 한잔을 끓여준 뒤 열쇠를 건네며 M은 말했다.

"이런 일이라면 언제든지 얘기해. 난 낮에는 학교에서 보내는 시간이 많으니까."

M의 아랫배가 그의 아랫배보다 더 동그랗게 나와 있는 것을 눈여겨보며 그는 열쇠를 받아들었다. 드러내지 않을 뿐, M에게도 욕망이 있을 것이고 그에 따른 번민이 있을 것이다. M의 감춰진 결핍을 동그란 배의 선이 드러내주는 데에서 그는 일종의 옹졸한 위안을 받았다. 최소한 M에게는 살찐 배에 대한 고민, 약간의 수치, 무너져버린 젊은날의 육체에 대한 그리움쯤은 있을 것이다.

그는 창을 약간 가린 M의 그림들을—그 그림들이 상투적이라고 느꼈다— 한쪽으로 치우고, 빛이 드리워진 원목 마룻바닥 위로 흰 시트를 깔았다. 잠시 시트 위에 드러누워, 그녀가 누웠을 때 무엇을 보고 느끼게 될 것인지 확인했다. 높은 천장의 나뭇결, 창 너머의 하늘, 좀 차갑지만 견딜 만한, 딱딱하지만 시트 때문에 부드럽기도 한 등의 감촉. 그는 이번에는 엎드려서, 시야에 잡히는 M의 그림들과 그쪽 마룻바닥의 싸늘한 그늘, 쓰지 않는 벽난로의 그을음 따위를 보았다.

준비해온 화구를 펼쳐놓고, PD100 캠코더를 꺼내 배

터리를 확인하고, 촬영이 길어질 경우에 쓸 조명을 작업실 한켠에 세워두고, 스케치북을 한번 펼쳤다가 다시 가방에 넣고, 점퍼를 벗고, 소매까지 걷은 뒤 그는 기다렸다. 그녀가 지하철역에 도착할 오후 세시가 가까워오자 그는 점퍼를 팔에 걸치고 구두를 신었다. 변두리라 꽤 깨끗한 공기를 마시며 지하철역을 향해 걷기 시작했다.

휴대폰이 울려, 그는 걸음을 옮기며 전화를 받았다.

"나예요."

아내였다.

"나 오늘 늦을 것 같아요. 아르바이트하는 애가 또 펑크를 냈어요. 일곱시까지는 어린이집에 지우 데리러 가야 하는데."

그는 잘라 대답했다.

"나도 안 돼. 아홉시 전까진 불가능해."

아내의 한숨소리가 들려왔다.

"알았어요. 709호 아줌마한테 아홉시까지만 부탁해놓을게요."

더이상의 군말없이 통화는 끝났다. 아이를 통해 연결된, 군더더기없는, 일종의 동업자의 관계가 이즈음 아내와 그의 관계였다.

　며칠 전 처제의 집에 다녀온 밤 그는 견딜 수 없는 충
동의 힘으로 어둠 속의 아내를 안았었다. 신혼 때에도
아내에게 느껴본 적 없는 강한 욕망에 스스로 놀라며,
아내 역시 놀라게 했다.

　"당신 왜 이래요?"

　아내의 비음을 듣고 싶지 않아 그는 아내의 입을 막았
다. 어둠 속에 희미하게 드러난 아내의 콧날과 입술, 앳
된 목선이 상기시키는 그녀의 이미지를 향해 그는 자신
을 밀어붙였다. 단단히 곧추선 아내의 젖꼭지를 입에 문
채 그는 아내의 속옷을 벗겼다. 푸르고 작은 꽃잎의 이
미지가 열렸다가 닫히려 할 때마다 눈을 감고 아내의 얼
굴을 지웠다.

　모든 것이 끝났을 때 아내는 울고 있었다. 그것이 격
정 때문인지, 그가 모르는 어떤 감정 때문인지 그는 알
수 없었다.

　무서워요. 아내는 돌아누운 채 중얼거렸다. 아니, 그
렇게 말한 것처럼 들렸다. 당신이 무서워요. 그때 그는
거의 죽음 같은 잠에 빠져들고 있었으므로, 그것이 정말

아내의 입에서 새어나온 말인지 확신할 수 없었다. 그녀의 흐느낌이 얼마나 오래 이어졌는지도 듣지 못했다.

그러나 다음날 아침 아내의 태도는 평소와 조금도 다르지 않았다. 좀전에 통화한 목소리도 마찬가지였다. 그 일에 대한 흔적은 물론, 그에 대한 어떤 별다른 거부감도 실려 있지 않았다. 때로 비인간적으로까지 느껴지는 참을성있는 말씨, 언제나 똑같은 한숨소리가 그의 마음을 얼마간 불편하게 했을 뿐이었다. 그 불편한 마음을 지우기 위해 그는 걸음을 재촉했다.

뜻밖에 처제는 지하철역의 출구에 먼저 와 있었다. 역사에서 나온 지 오래된 듯 다소 흐트러진 자세로 계단에 걸터앉아 있었다. 허름한 청바지에 두툼한 갈색 스웨터를 입어, 마치 혼자 겨울에서 걸어나온 사람 같았다. 이마에서 흘러내리는 땀을 닦는 그녀의 얼굴을, 오래 햇빛이 고인 그 몸의 윤곽을, 그는 얼른 부르지 못하고 홀린 듯 지켜보았다.

"옷을 벗어."

 우두커니 서서 창밖의 백양나무들을 보고 있는 그녀
에게 그는 낮은 목소리로 말했다. 오후의 적요한 햇살이
흰 시트를 반짝거리게 하고 있었다. 그녀는 그를 돌아보
지 않았다. 그의 말을 듣지 못했나 싶어 다시 말하려 한
찰나, 그녀는 두 팔을 들어 스웨터를 벗었다. 안에 입은
흰 반소매 티셔츠를 벗자 브래지어를 하지 않은 등이 드
러났다. 낡은 청바지를 벗자 두개의 흰 엉덩이가 고스란
히 모습을 드러냈다.

 그는 숨을 죽인 채 그녀의 엉덩이를 보았다. 토실토실
한 두개의 둔덕 위로 흔히 천사의 미소라고 불리는, 옴
폭하게 찍힌 두개의 보조개가 있었다. 반점은 과연 엄지
손가락만 한 크기로 왼쪽 엉덩이 윗부분에 찍혀 있었다.
어떻게 저런 것이 저곳에 남아 있는 것일까. 그는 이해
할 수 없었다. 약간 멍이 든 듯도 한, 연한 초록빛의, 분
명한 몽고반점이었다. 그것이 태고의 것, 진화 전의 것,
혹은 광합성의 흔적 같은 것을 연상시킨다는 것을, 뜻밖

120

에도 성적인 느낌과는 무관하며 오히려 식물적인 무엇으로 느껴진다는 것을 그는 깨달았다.

한참 만에야 그는 몽고반점으로부터 고개를 들어 그녀의 알몸을 전체적으로 보았다. 처음 모델을 하는 사람 같지 않게, 처제와 형부라는 관계를 고려한다면 더더욱 그녀의 침착한 태도는 인상적인 것이었다. 그는 문득 그녀가 손목을 그은 다음날 상체를 벌거벗은 채 병원 분수대 앞에서 발견되었다는 것을, 폐쇄병동에 입원한 것은 그 때문이었다는 것을, 병원에서도 수시로 옷을 벗고 햇볕을 쬐려 해 퇴원이 늦춰졌다는 사실을 상기해냈다.

"앉을까요?"

그녀가 물었다.

"아니, 엎드려봐."

거의 발음되지 않았을 만큼 낮은 목소리로 그는 대답했다. 그녀는 시트 위에 몸을 엎드렸다. 그는 꼼짝 않고 서서, 그녀의 엎드린 몸이 불러일으킨, 자신의 안에서 치밀어오른 충격적인 정서의 정체를 해독하기 위해 미간을 모았다.

"잠깐, 그대로 있어봐."

그는 캠코더를 삼각대에 고정시키고 다리 길이를 조정했다. 그녀의 엎드린 몸을 한 프레임에 담을 수 있도록 위치를 잡은 뒤 팔레트와 붓을 집어들었다. 바디페인팅 작업부터 테이프에 담을 생각이었다.

먼저 그녀의 어깨까지 흘러내린 머리카락을 쓸어올리고, 목덜미에서부터 꽃을 그리기 시작했다. 자주와 빨강의 반쯤 열린 꽃봉오리들이 어깨와 등으로 흐드러지고, 가느다란 줄기들은 옆구리를 따라 흘러내렸다. 오른쪽 엉덩이의 둔덕에 이르러 자줏빛 꽃은 만개해, 샛노란 암술을 도톰하게 내밀었다. 몽고반점이 있는 왼쪽 엉덩이는 여백으로 남겼다. 대신 그 푸르스름한 점 주변으로 그보다 흐린 연둣빛을 큰 붓으로 깔아, 연한 꽃잎 그림자 같은 반점이 도드라지게 했다.

붓이 스칠 때마다 간지러운 듯 미세히 떨리는 그녀의 육체를 느끼며 그는 전율했다. 그것은 단순한 성욕이 아니라, 무언가 근원을 건드리는, 계속해서 수십만 볼트의 전류에 감전되는 듯한 감동이었다.

마침내 오른쪽 허벅지를 지나 가느다란 발목까지 이어지는 긴 줄기와 잎사귀를 완성했을 때 그의 몸은 땀에 흠뻑 젖어 있었다.

"다 됐어."

그는 말했다.

"그대로 조금만 있어."

그는 삼각대에서 캠코더를 떼어내 그녀를 근접 촬영하기 시작했다. 꽃 하나하나의 디테일을 줌으로 끌어당기고, 그녀의 목선과 흐트러진 머리칼, 긴장한 듯 시트를 누르고 있는 두 손, 그리고 몽고반점이 드러난 엉덩이를 오래 클로즈업했다. 마침내 그녀의 몸 전체를 테이프에 담은 뒤 그는 일단 캠코더의 전원을 껐다.

"이제, 일어나도 좋아."

그는 약간의 피로를 느끼며 벽난로 앞에 놓인 소파에 걸터앉았다. 그녀는 팔다리가 저리는 듯 팔꿈치로 바닥을 짚고 몸을 일으켰다.

"춥지 않아?"

그는 땀을 닦으며 일어서서 자신의 점퍼로 그녀의 어깨를 덮어주었다.

"힘들지 않았어?"

그때 그녀는 그를 보며 웃었다. 희미하지만 힘이 있

는, 어떤 것도 거부하지 않으며 어떤 것에도 놀라지 않을 것 같은 웃음이었다.

그제야 그는 처음 그녀가 시트 위에 엎드렸을 때 그를 충격한 것이 무엇이었는지 깨달았다. 모든 욕망이 배제된 육체, 그것이 젊은 여자의 아름다운 육체라는 모순, 그 모순에서 배어나오는 기이한 덧없음, 단지 덧없음이 아닌, 힘이 있는 덧없음. 넓은 창으로 모래알처럼 부서져내리는 햇빛과, 눈에 보이진 않으나 역시 모래알처럼 끊임없이 부서져내리고 있는 육체의 아름다움…… 몇 마디로 형용할 수 없는 그 감정들이 동시에 밀려와, 지난 일년간 집요하게 그를 괴롭혔던 성욕조차 누그러뜨렸던 것이었다.

*

그녀는 그의 점퍼를 걸치고, 벗어놓았던 바지를 다시 입고, 김이 피어오르는 머그잔을 감싸쥐고 있었다. 슬리퍼를 신지 않은 맨발로 가볍게 바닥을 디딘 채였다.

"춥지 않았어?"

재차 묻는 그에게 그녀는 고개를 흔들었다.

"……힘들지 않았어?"

"가만히 있기만 했는걸요. 바닥이 따뜻했어요."

그녀는 놀라울 만큼 호기심이 없었고, 그 덕분에 어느 상황에서도 평정을 지킬 수 있는 것 같았다. 새로운 공간에 대한 탐색도 없었으며, 당연할 법한 감정의 표현도 없었다. 그저 자신에게 벌어지는 모든 일들을 지켜보는 것만으로 충분한 것 같았다. 아니, 어쩌면 그녀의 내면에서는 아주 끔찍한 것, 누구도 상상할 수 없는 사건들이 벌어지고 있어, 단지 그것과 일상을 병행한다는 것만으로 힘에 부친 것인지도 몰랐다. 그래서 일상에서는 호기심을 갖거나 탐색하거나 일일이 반응할 만한 에너지가 남아 있지 않은 건지도 몰랐다. 그런 짐작을 하게 되는 것은, 이따금 그녀의 눈이 단지 수동적이거나 백치스러운 담담함이 아니라 어떤 격렬함을, 동시에 그것을 자제하는 힘을 머금고 있는 것처럼 느껴졌기 때문이었다. 지금 이 순간 그녀는 따뜻한 머그잔을 두 손으로 감싸쥐고 추운 병아리처럼 몸을 웅크린 채 자신의 발치를 내려다보고 있었지만, 그 자세는 연민을 불러일으키기보다,

보는 사람을 불편하게 할 만큼 단단한 고독을 음영처럼 드러내고 있었다.

그는 처음부터 마음에 들지 않았던, 이제 동서라고 부를 필요도 없게 된 그녀의 옛 남편의 얼굴을 떠올렸다. 감각적이고 일상적인 가치 외의 어떤 것도 믿지 않는 듯 건조한 얼굴, 상투적이지 않은 어떤 말도 뱉어본 적 없을 속된 입술이 그녀의 몸을 탐했을 거란 상상만으로 그는 일종의 수치를 느꼈다. 둔감한 그는 그녀의 몽고반점을 알기나 했을까. 알몸의 두 사람을 상상한 순간, 그것은 모욕이라고, 더럽힘이라고, 폭력이라고 그는 느꼈다.

그녀가 빈 잔을 들고 일어섰으므로 그도 따라 일어섰다. 그녀가 내민 잔을 받아 탁자에 올려놓았다. 캠코더의 테이프를 갈아끼우고 삼각대의 위치를 재조정했다.

"다시 시작해볼까?"

그녀는 고개를 끄덕이고 시트를 향해 걸어갔다. 그사이 햇빛이 다소 사위어, 그는 텅스텐 조명 하나를 그녀의 발치에 설치했다.

그녀는 옷을 다시 벗고 이번에는 천장을 향해 드러누웠다. 국부 조명 때문에 그녀의 상반신은 그늘져 있는

데도 그는 부신 듯 눈을 가늘게 떴다. 예전에 그녀의 집에서 우연히 보았던 앞모습이지만, 저항 없이, 엎드렸을 때와 마찬가지로 덧없는 아름다움으로 누워 있는 그녀의 모습은 누선을 건드릴 만큼 강렬한 것이었다. 마른쇄골과, 누웠기 때문에 소년처럼 밋밋해 보이는 가슴, 드러난 갈빗대들, 관능 없이 벌어진 허벅지, 눈을 뜬 채로 잠든 것 같은 사막 같은 얼굴까지. 그것은 구석구석 일체의 군더더기가 제거된 육체였다. 그는 그런 육체를, 육체만으로 그토록 많은 말을 하는 육체를 처음 보았다.

그는 이번에는 노랑과 흰빛으로 그녀의 쇄골부터 가슴까지 커다란 꽃송이를 그렸다. 등 쪽이 밤의 꽃들이었다면, 가슴 쪽은 찬란한 한낮의 꽃들이었다. 주황색 원추리는 오목한 배에 피어났고, 허벅지로는 크고작은 황금빛 꽃잎들이 분분히 떨어져내렸다.

사십년 가까이 한번도 경험해보지 못한 찬란한 희열이, 몸속 알 수 없는 곳에서 조용히 흘러나와 자신의 붓끝에 고이는 것을 그는 침묵 속에서 느꼈다. 가능한 한 오래 그 희열을 지속시키고 싶었다. 목까지만 조명을 받아 캄캄해 보이는 그녀의 얼굴은 마치 잠든 것처럼 보였으나, 허벅지 안쪽을 붓끝이 스쳐갈 때 떨림이 전해져오는 것으로 미루어 예민하게 깨어 있었다. 이 모든 것을 고요히 받아들이고 있는 그녀가 어떤 성스러운 것, 사람이라고도, 그렇다고 짐승이라고도 할 수 없는, 식물이며 동물이며 인간, 혹은 그 중간쯤의 낯선 존재처럼 느껴졌다.

마침내 붓을 내려놓은 뒤 그는 촬영을 해야 한다는 생각을 잊은 채 그녀의 육체를, 그 위로 피어난 꽃들을 내려다보았다. 그러나 점점 햇빛이 사위고 있었고, 그녀의 얼굴이 차츰 늦은 오후의 그늘에 지워지고 있었으므로 그는 곧 마음을 추스르고 일어났다.

"……옆으로 누워봐."

그녀는 천천히, 마치 어떤 조용한 음악을 타고 몸을 움직이듯이 팔과 다리, 허리를 구부려 모로 누웠다. 그는 부드러운 능선과 같은 그녀의 옆구리와 엉덩이의 선을 찍고, 뒷모습의 밤의 꽃들과 앞모습의 태양의 꽃들을 번갈아 찍었다. 점점 어두워지는 빛을 받은, 푸른 잔영 같은 몽고반점을 마지막으로 찍었다. 그리고 망설이다가, 찍지 않겠다고 약속했었으나, 이제는 완연히 캄캄해진 창 쪽을 바라보고 있는 그녀의 얼굴을 클로즈업했다. 희미한 입술과 튀어나온 광대뼈의 음영, 흐트러진 머리칼 사이로 드러난 반듯한 이마, 그리고 텅 빈 두 눈을 화면에 담았다.

*

그가 장비들을 모두 차 트렁크에 실을 때까지 그녀는 팔짱을 낀 채 현관 앞에 서 있었다. M이 당부한 대로 층계참의 등산화 안쪽에 열쇠를 밀어넣은 뒤 그는 말했다.

"다 됐어. 이제 가지."

그녀는 스웨터 위로 그의 점퍼까지 걸쳤는데도 추운 듯 떨고 있었다.

"처제 집 쪽으로 가서 뭘 먹을까? 아니면 배고플 텐데 이쪽에서 먹고 갈까?"

"배 안 고파요. ……그런데 이거, 물로 씻으면 지워져요?"

마치 그것만이 궁금하다는 듯 그녀는 물었다. 한손으로 자신의 가슴께를 가리킨 채였다.

"쉽게 지워지진 않을 거야. 몇차례 씻어내야 완전
히……"

그의 말을 자르며 그녀가 말했다.

"안 지워지면 좋겠어요."

그는 잠시 망연해져, 어둠에 반쯤 덮인 그녀의 얼굴을
건너다보았다.

그들은 시가지로 나와 식당 골목을 찾아들어갔다. 고
기를 먹지 않는 그녀를 위해 그는 사찰음식이라는 간판
이 붙은 곳을 골랐다. 정식을 시키자 정갈한 반찬들이
이십여 가지 차려졌고, 밤과 삼을 넣은 돌솥밥이 나왔
다. 숟가락을 드는 그녀의 모습을 지켜보다가, 문득 그
는 네시간 가까이 벌거벗고 있었던 그녀를 털끝 하나 건
드리지 않았다는 것을 깨달았다. 처음부터 그녀의 나신
을 찍겠다는 계획뿐이었지만, 전혀 성욕을 느끼지 않았
다는 것은 뜻밖의 일이었다.

그러나 지금 이렇게 두툼한 털스웨터를 입고 숟가락
을 입에 넣는 그녀를 보며, 그는 지난 일년간의 집요하
고 고통스러운 욕망이 멈춰주었던 이날 오후의 기적이

끝났음을 확인했다. 그녀의 오물거리는 입술을 덮치고, 식당 안의 모든 사람들이 비명을 지를 만큼 거칠게 그녀를 눕히는 영상이 낯익은 지옥처럼 그의 눈앞을 스쳐갔다. 그는 눈을 내리깔고 밥을 삼킨 뒤 그녀에게 물었다.

"왜 고기를 먹지 않는 거지? 언제나 궁금했는데, 묻지 못했어."

그녀는 숙주나물을 집던 젓가락을 멈추고 그를 건너다보았다.

"대답하기 어려우면 하지 않아도 돼."

여전히 머리 한편에서 진행되는 성적인 영상들과 싸우며 그는 말했다.

"아니요. 어렵지 않아요. 하지만 이해하지 못하실 테니까."

그녀는 담담히 말하며 나물을 씹었다.

"……꿈 때문에요."

"꿈?"

그는 되물었다.

"꿈을 꿔서…… 그래서 고기를 먹지 않아요."

"무슨…… 꿈을 꾼다는 거야?"

"얼굴."

"얼굴?"

영문을 알 수 없어하는 그를 향해 그녀는 낮게 웃었다. 어쩐지 음울하게 느껴지는 웃음이었다.

"이해하지 못하실 거라고 했잖아요."

그럼 왜 햇빛 아래서 가슴을 드러냈던 거지,라고 그는 묻지 못했다. 마치 광합성을 하는 돌연변이체의 동물처럼. 그것도 꿈 때문이었나?

그녀의 자취방 앞에 차를 세운 뒤 그는 그녀와 함께 차에서 내렸다.

"오늘 정말 고마웠어."

그녀는 미소로 대답을 대신했다. 어딘가 아내와 닮은, 조용해서 사려깊어 보이는 표정이었다. 마치 정상적인 여자 같았다. 아니, 실제로 정상적인 여자야. 그는 생각했다. 미친 건 내 쪽이지.

그녀는 묵례를 남기고 다세대주택 현관 안으로 사라졌다. 그는 그녀의 방에 불이 켜질 때까지 기다렸으나 끝내 창은 밝아지지 않았다. 시동을 걸며 그는 그녀의 어두운 자취방을 머릿속에 그렸고, 벌거벗은 몸으로 씻지도 않고 매트리스의 이불 속으로 들어가는 그녀를 그렸다. 찬란한 꽃들로 흐드러진 육체, 자신이 수분 전까지 함께했던, 손끝 하나 대지 않은 육체를.

그는 고통을 느꼈다.

*

그가 709호의 초인종을 누른 시각은 정확히 아홉시 이십분이었다. 문을 열고 나온 여자는 "지우, 방금까지 엄마 찾다가 잠들었어요"라고 작은 목소리로 말했다. 초등학교 이삼학년으로 보이는 갈래머리 여자애가 그에게 플라스틱 포클레인을 내밀었다. 고맙다는 인사와 함께 그는 포클레인을 일단 가방에 넣었다. 그의 집인 710호의 문을 열어두고, 잠든 아이를 조심스럽게 안았다. 싸늘한 복도를 건너 아이 방의 침대까지 가는 길은 멀게 느껴졌다. 다섯살인 아이는 아직 손을 빨았다. 옮기는 사이에 잠이 옅어졌는지 침대에 눕히고 나자 쪽, 쪽 손가락 빼는 소리가 어두운 방 가운데 적요했다.

그는 거실로 나와 불을 켰다. 현관문을 잠근 뒤 소파에 앉았다. 잠시 생각에 잠겼다가 일어서서 다시 현관문을 열고 나갔다. 엘리베이터를 타고 일층으로 내려간 뒤, 주차해둔 차의 운전석에 앉았다. 두개의 6mm 테이프와 스케치북이 담긴 가방을 끌어안고 있다가 휴대폰을 열었다.

"아이는요?"

아내의 목소리는 가라앉아 있었다.

"잠들었어."

"저녁은 먹었대요?"

"먹었겠지. 내가 왔을 땐 벌써 자고 있었어."

"그래요. 난 열한시쯤 들어갈게요."

"애가 깊이 잠들어서 말인데…… 나 말이지."

"네?"

"작업실에 다녀올게. 아직 마무리 못한 게 있어."

아내는 대답이 없었다.

"지우는 깰 것 같지 않아. 아주 깊이 잠들었어. 요즘은 잠들었다 하면 아침까지 자잖아."

"………"

"듣고 있어?"

"……여보."

뜻밖에도 아내는 우는 것 같았다. 가게에 사람이 없는가? 타인의 시선에 민감한 아내에게는 드문 일이었다.

"……가고 싶으면 가세요."

잠시 후 진정한 뒤 흘러나온 것은, 한번도 아내로부터 들어본 적 없는 착잡한 음성이었다.

"나는 지금 문 닫고 들어갈게요."

전화가 끊겼다. 아무리 바빠도 먼저 전화를 끊는 법이 없는 조심스러운 성격의 아내였다. 당혹스러웠고, 느닷없는 죄의식을 느꼈으므로 그는 잠시 휴대폰을 쥔 채 망설였다. 집으로 돌아가 아내가 오기를 기다릴까 하는 생각이 들었으나, 그는 곧 마음을 굳히고 시동을 걸었다. 막히지 않는 시간이니 아내는 이십분이면 도착할 것이다. 그 안에 아이가 깨거나 할 일은 아마 없을 것이다. 무엇보다 아내가 돌아오기까지 교교한 집에 있고 싶지 않았고, 필경 어두울 아내의 얼굴을 마주 대하고 싶지 않았다.

그가 작업실에 도착했을 때 그곳에는 J뿐이었다.

"오늘 늦으셨네요. 전 지금 나가보려구요."

망설이지 않고 달려오길 잘했다고 그는 생각했다. 야
행성인 네 사람이 함께 쓰는 공간이니, 밤 내내 혼자 작
업실을 쓸 수 있는 기회란 흔치 않았다.

J가 주섬주섬 짐을 꾸리고 트렌치코트를 걸치는 동안
그는 컴퓨터를 켰다. J는 놀란 듯 그의 손에 들린 두개의
테이프를 보았다.

"선배, 작업하셨군요."

"……그래."

J는 군말을 붙이는 대신 미소를 지었다.

"나중에 꼭 보여주세요."

"알았어."

J는 장난스럽게 경례를 붙이고는, 어서 사라져줘야겠
다는 듯 팔을 힘껏 휘저어 전력질주하는 흉내를 내며 문
을 열고 나갔다. 그는 웃었다. 웃음이 가신 뒤, 자신이 퍽
오랜만에 웃었다는 생각을 했다.

*

  밤을 꼬박 밝히고, 그는 마스터테이프를 꺼낸 뒤 컴퓨터를 껐다.

  그녀를 찍은 테이프들은 기대 이상으로 좋았다. 광선과 분위기, 그녀의 움직임들은 숨막힐 만큼 흡인력있는 것이었다. 어떤 배경음악을 깔아야 할까를 잠시 생각해보았으나, 진공상태와 같은 침묵이 나았다. 부드럽게 뒤척이는 몸짓과 나신 가득 만발한 꽃들과 몽고반점 — 본질적인, 어떤 영원한 것을 상기시키는 침묵의 조화.

  렌더링의 지루한 기다림과 오랜만에 싸우며, 담배 한 갑을 바닥내며 그는 작업에 매달렸다. 마침내 완성된 작품의 러닝타임은 4분 55초였다. 엎드린 그녀의 몸에 바디페인팅하는 그의 손으로 시작해 몽고반점으로 페이드아웃되었다가, 그늘져 거의 이목구비를 알아볼 수 없는, 사막 같은 그녀의 얼굴이 비친 뒤 다시 페이드아웃되었다.

  밤샘 뒤의 피로, 몸 곳곳에 모래알이 박힌 듯 깔깔한 느낌, 모든 것이 낯설게 보이는 이물감을 오랜만에 경험

하며 그는 마스터테이프의 라벨에 검은 펜으로 적었다. '몽고반점 1 — 밤의 꽃과 낮의 꽃.'

그러자 그가 차마 시도하지 못한 것, 가능하다면 '몽고반점 2'라는 제목이 붙여질 이미지, 실은 그것만이 전부였던 이미지가 어떤 그리운 사람의 얼굴처럼 절실하게 그의 눈을 가렸다.

진공공간과 같은 침묵 속에서 몸에 꽃을 그린 남녀가 교합하는 장면. 몸의 몰입과 그에 따른 솔직한 몸짓. 때로는 격렬하게, 때로는 부드럽게, 성기 자체를 클로즈업하기도 하며 진행되는 화면. 적나라하나 그 적나라함으로 인하여, 그 극한으로 인하여 도리어 고요히 정화되는 지점.

그는 마스터테이프를 손아귀에 넣은 채 만지작거리다가 생각했다. 만일 처제와 함께 찍을 남자를 골라야 한다면 그 자신은 안 된다. 그는 자신의 주름진 배와 튀어나온 옆구리살, 무너지는 엉덩이와 허벅지의 선을 알고 있었다.

차를 몰고 집으로 돌아가는 대신 그는 가까운 찜질방으로 향했다. 카운터에서 내준 흰 반소매 티셔츠와 반바지로 갈아입으며, 거울에 비친 자신을 환멸어린 눈으로 바라보았다. 역시 그는 안 된다. 그렇다면 누구? 누구에게 그녀와 섹스하게 할 것인가. 이것은 에로영화 따위가 아니므로, 섹스하는 시늉만 잡아서는 안 된다. 정말로 삽입하도록 해, 그 교합된 성기를 담아낼 것이다. 그러나 누구에게? 누가 그것을 승낙할 것인가? 그리고 어떻게 처제가 그것을 받아들이겠는가?

그는 자신이 어떤 경계에 와 있음을 알았다. 그러나 멈출 수 없었다. 아니, 멈추고 싶지 않았다.

뜨거운 김이 가득한 찜질방에서 그는 잠을 청했다. 적당히 건조하고 따뜻한, 시간을 거슬러 돌아온 여름밤 같은 그곳에서 그는 사지를 늘어뜨린 채 누워 있었다. 모든 에너지가 소진된 상태로, 그 이루지 못한 이미지만이 따뜻한 광휘처럼 그의 피로한 몸을 감쌌다.

*

짧은 잠에서 깨어나기 직전 그는 그녀를 보았다.

그녀의 피부는 흐릿한 연둣빛이었다. 방금 가지에서

떨어져나온, 그러니까 방금 시들기 시작한 잎사귀 같은 그녀의 몸이 그의 앞에 엎드려 있었다. 그녀의 엉덩이에는 몽고반점이 없었고, 대신 온몸에 그 연둣빛이 고르게 번져 있었다.

그는 그녀의 몸을 앞으로 돌렸다. 눈을 찌르는 빛이 그녀의 상체에서부터 비쳐 ─ 광원은 그녀의 얼굴께인 듯했다 ─ 그는 그녀의 가슴 윗부분을 볼 수 없었다. 그는 두 손으로 그녀의 다리를 벌렸는데, 그녀가 잠들어 있지 않다는 것을 허벅지의 낭창낭창한 탄력으로 알 수 있었다. 그가 그녀의 안으로 들어갔을 때, 짓무른 잎사귀에서 흐르는 것 같은 초록빛 즙이 그녀의 음부에서 흘러내리기 시작했다. 향긋하면서도 쌉쌀한 풀 냄새가 점점 아릿해져 그는 숨을 쉬기 어려웠다. 절정의 직전에 가까스로 몸을 빼냈을 때, 그는 자신의 성기가 온통 푸르죽죽하게 물들어 있는 것을 알았다. 그녀의 것인지 그의 것인지 모를 싱그러운 즙으로 그의 아랫도리와 허벅지까지 시퍼런 풀물이 들어 있었다.

수화기 저편에서 그녀는 다시 말이 없었다.

"……처제."

"네."

다행히 그녀는 오래 침묵하지 않고 답했다. 약간은 반가움이 담겨 있는 대답인가? 그는 잘 판단할 수 없었다.

"어제 잘 쉬었어?"

"네."

"저, 물어볼 게 있는데."

"말씀하세요."

"몸에 그린 것들, 혹시 지웠어?"

"아니요."

그는 한숨을 몰아쉬었다.

"그거, 지우지 말아주겠어? 내일까지만이라도. 아직 덜한 게 있어. 한번 더 찍어야 할 것 같아."

혹시 그녀는 웃고 있는가. 그가 볼 수 없는 전화선 저쪽에서 미소를 짓고 있는가.

"……지우고 싶지 않아서 씻지 않았어요."

그녀는 담담하게 말했다.

"이렇게 하고 있으니까 꿈을 꾸지 않아요. 나중에 지워지더라도 다시 그려주면 좋겠어요."

그녀의 말을 정확히 이해할 수는 없었으나, 그는 수화기를 쥔 손에 힘을 주었다. 됐다,라고 그는 속으로 중얼거렸다. 이런 사람이라면 허락할지도 모른다. 그 어떤 것이라도 허락해줄지 모른다.

"내일, 시간이 되면 한번 더 거기로 오겠어? 선바위 작업실."

"……좋아요."

"그런데, 한 사람이 더 올 거야. 남자야."

"………"

"그 사람도 옷을 벗고 꽃을 그릴 거야. 그래도 괜찮겠어?"

그는 기다렸다. 지금까지의 경험으로 미루어 그녀의 침묵이 대체로 긍정을 내포하고 있는 거라는 생각이 들었으므로 그는 더이상 불안하지 않았다.

"……좋아요."

그는 수화기를 내려놓고, 두 손을 깍지낀 채 거실을

빙빙 돌았다. 아이는 어린이집에 갔고 아내는 가게에 나가, 그가 오후 세시쯤 돌아왔을 때부터 빈집이었다. 아내에게 어떻게 말해야 할지 망설이다가 그는 처제에게 먼저 전화했던 것이었다.

피할 수 없는 일이었으므로, 그는 아내에게 전화했다.

"어디예요?"

냉담하기보다는 착잡한 목소리로 아내가 물었다.

"집이야."

"일은 잘됐어요?"

"아직. 내일 밤까진 바쁠 것 같아."

"그래요. ……그럼 쉬어요."

전화가 끊겼다. 차라리 아내가 다른 아내들처럼 소리치고 화를 낸다면, 잔소리를 하고 악담을 퍼붓는다면 마음이 편할 것이다. 이토록 쉽게 체념하고, 그 체념의 앙금이 우울함으로 가라앉는 아내의 성격이 그를 숨막히게 했다. 그것이 아내의 선하고 약한 면임을, 상대를 이해하고 배려하려는 필사적인 노력임을 모르지 않았다. 오히려 그 자신이 자기중심적이고 무책임한 것임을 모르지 않았다. 그러나 이 순간만큼은 아내의 인내와 선의

가 숨막힌다고, 그래서 더더욱 자신이 나쁜 쪽이 되어가는 거라고 강변하고 싶었다.

죄의식과 후회, 망설임이 얽힌 감정의 회오리가 지나가자, 그는 계획했던 대로 J의 휴대폰 번호를 눌렀다.

"선배? 오늘 저녁에 나올 거예요?"

"아니."

그는 대답했다.

"어제 밤샘했어. 오늘은 좀 쉬려고."

"그래요?"

이십대 후반다운 자신감과 젊음, 여유가 느껴지는 J였다. 건장하기보다는 마르고 단단한 체격인 J의 옷을 그는 머릿속으로 벗겨보았다. 괜찮을 것 같았다.

"내 부탁 좀 들어줘야겠다."

"무슨 부탁요?"

"내일 시간 있어?"

"내일, 저녁약속 있는데요."

영문을 몰라하는 J에게 그는 M의 작업실의 위치를 알려주었다.

"오후 두어시간이면 돼, 저녁까진 안 걸려"라고만 했

다가 그는 마음을 바꾸었다.

"너, 어제 그 작품 보고 싶다고 했지."

J는 "물론이죠"라고 선선히 대답했다.

"내가 지금 작업실로 가지."

그는 전화를 끊었다.

간밤에 편집한 테이프가 꼼꼼한 스타일리스트인 J의 마음에 들기를, 호기심을 일으켜주기를 그는 기대했다. 더구나 같은 작업실을 쓰는 사람의 부탁이니, 온순한 성격의 J는 쉽게 거절하기 어려울 것이다. 그는 불확실하지만 낙관적인 예감을 품고 있었다.

*

J는 약속시간보다 일찍 도착했다. '테이크 잇 이지'라는 자신의 입버릇처럼 늘 느긋한 편인 J는 이날만은 좀 초조해 보였다.

"떨리는데요."

J에게 커피 한잔을 타주며 그는 다시 머릿속으로 J의 옷을 벗겼다. 느낌이 좋았다. 그녀와 잘 어울릴 것 같았다.

전날 오후 테이프를 보고 J는 흥분했었다.

"믿을 수 없어요…… 거의 마술적인데요! 어떻게 형한테서 이런 게 나왔죠? 사실 그동안은 좀 단순한 사람이라고 생각했는데…… 아, 죄송해요……"

J의 눈과 목소리에는 그가 평소에 잘 느끼지 못했던 분명한 호감이 어려 있었다.

"어떻게 이렇게까지 변할 수 있죠? 이건 뭐랄까…… 무슨 거인 같은 게 선배를 번쩍 들어올려서 전혀 다른 세계로 옮겨놓은 것 같군요. ……이 색채라니!"

젊은 J 특유의 감상적이고 호들갑스러운 표현이 거슬리긴 했으나, 그 말은 맞았다. 이즈음처럼 무수한 색채들이 ─물론 이전에도 색채의 아름다움을 느낄 수는 있었으나─ 그의 안에서 터져나온 적은 없었다. 마치 몸의 내부가 힘찬 색채들로 가득 차올라, 그 격렬함이 더 견디지 못해 분출돼 나오는 것 같았다. 매우 격렬하게 그는 존재하고 있었다. 이전의 어떤 시기에도 결코 느끼지 못한 새로운 감각이었다.

나는 어두웠다,라고 그는 느낄 때가 있었다. 그는 어두웠다. 어두운 곳에 그가 있었다. 그가 이즈음 경험하

는 색채들이 부재했던 그 흑백의 세계는 아름다웠고 고
즈넉했으나, 그로서는 다시 돌아갈 수 없는 곳이었다.
그 잠잠한 평화가 주는 행복을 그는 영원히 잃은 것 같
았다. 그러나 그는 상실감 따위를 느낄 수 없었다. 지금
이 순간의 격렬한 세계가 주는 자극과 고통을 견디기에
만도 그의 에너지는 벅찼다.

　J의 독려에 힘을 얻어, 마침내 그는 별렀던 말을 상기
된 얼굴로 꺼낼 수 있었다. 그가 예의 무용 공연프로그
램과 자신의 스케치북을 보여주며 남자모델이 되어줄
것을 부탁하자 J는 순간 당혹스러워했다. "왜 하필 저예
요? 전문모델도 많은데, 연극배우나……" "네 몸이 좋
아. 너무 매끈한 몸은 안 어울려. 네가 딱이야." "그럼 이
여자랑 같이 이런 포즈를 잡으라는 거 아닙니까. 난 못
해요."

　펄쩍 뛰는 J를 구슬리기 위해 그는 애걸하고, 협박하
고, 유혹했다.

　"아무도 모를 거야. 얼굴은 나오지 않는다니까. 그리
고 이 여자, 만나보고 싶지 않아? 너한테도 영감이 되는
작업일 거야."

하룻밤만 생각해보겠다던 J는 이날 아침 승낙의 전화를 걸어왔다. 그러나 그가 말하지 않았으므로, 그가 내심 원하는 것이 진짜 섹스의 장면이라는 것은 상상조차 하지 못하고 있었다.

"……좀 늦네요?"

J가 창 쪽을 내다보며 그에게 물었다. 그러잖아도 그 역시 차츰 초조해지던 참이었다. 그녀가 정말 혼자서 찾아올 수 있다고 말해, 그는 지하철역으로 마중나가지 않은 채 그녀를 기다리고 있었던 것이다.

"글쎄, 내가 나가볼까."

그가 점퍼를 손에 들고 일어섰을 때, 누군가 반투명한 유리문을 두드리는 소리가 들려왔다.

"아, 이제 왔군."

J는 커피잔을 내려놓았다.

그녀는 그날과 같은 청바지에 이번에는 검정색의 두툼한 스웨터를 입고 왔다. 머리를 감고 나왔는지, 염색하지 않아 아주 검은빛인 치렁치렁한 머리가 아직 젖어 있었다. 그녀는 그를 먼저 보았고, J를 본 뒤 조금 웃었다. 머리칼을 만지며 그녀는 말했다.

"목에 그려진 꽃이 지워질까봐…… 조심해서 감았어요."

J가 미소를 지었다. 그녀의 외모가 뜻밖에 수수하다는 것이 J의 긴장을 풀어준 것 같았다.

"옷을 벗어봐."

"저요?"

J가 눈을 동그랗게 떴다.

"이쪽은 다 그려져 있으니까, 네 몸에만 그리면 돼."

J는 어색한 웃음을 문 채 뒤돌아서서 옷을 벗었다.

"팬티도 벗어야지."

J는 머뭇거리며 팬티와 양말까지 벗었다. 예상했던 대로 근육도, 군살도 없는 호리호리한 육체가 드러났다. 배꼽에서부터 허벅지 위쪽까지 무성하게 돋은 음모를 제외하면 살결이 희고 매끄러웠다. 그는 J의 육체에 질투를 느꼈다.

그녀에게 했던 대로, 그는 J를 엎드리게 하고 목덜미에서부터 꽃을 그리기 시작했다. 이번에는 푸른빛 계열을 택했다. 연보랏빛 수국이 후두두 떨어지는 느낌으로, 바람이 휘몰아치는 듯한 선으로, 최대한 단시간에 큰 붓으로 그렸다.

"바로 누워봐."

그는 J의 성기를 중심으로 선혈 같은 진홍의 거대한 꽃을 그렸다. 마치 J의 음모가 검은 꽃받침처럼, 성기는 꽃술과 같이 보이도록. 그녀는 소파에 앉아 차를 홀짝거리며 그의 작업을 주시하고 있었다. 그의 붓이 멈추었을 때, J의 성기가 조금 경직돼 있는 것을 그는 발견했다.

그는 숨을 돌리며 일어서서, 아직 분량이 넉넉히 남아 있는 테이프를 새것으로 갈아끼웠다. 뒤를 돌아보며 그녀에게 말했다.

"옷을 벗어."

그녀는 옷을 벗었다. 이날은 그날만큼 햇빛이 밝지 않았으나, 젖가슴 가운데 그려진 황금빛 꽃송이가 찬란하게 반짝였다. J와는 대조적으로 그녀의 태도는 태연했다. 마치 '옷을 입는 것보단 벗는 게 자연스럽잖아요'라고 말하는 것 같았다. 무릎을 세우고 앉은 J의 얼굴이 일순 황홀하게 굳는 것을 그는 놓치지 않았다.

그가 시키지 않았는데 그녀는 J의 곁으로 다가갔다. J가 앉은 모습을 흉내내듯 흰 시트 위에 무릎을 세우고 앉았다. 말없는 그녀의 얼굴과 찬란한 육체가 쓸쓸한 대조를 이뤘다.

"이제 어떻게 할까요?"

J가 물었다.

어떻게든 상황을 리드해야 한다는 압박감 때문인지, J의 얼굴은 여전히 붉었으나 성기는 다시 시들어 있었다.

"여자를 무릎에 앉혀."

그녀가 처제라는 것을 J는 모르고 있었으므로, 그는 편한 대로 그녀를 지칭했다. 그는 이제 캠코더를 들고 그들에게 다가갔다. 그녀가 J의 무릎 위에 앉자 그는 낮게 외쳤다.

"가까이 끌어당겨봐."

J는 떨리는 손으로 그녀의 어깨를 당겼다.

"젠장, 한번도 안 해봤어? 연기를 해봐. 가슴이라도 만져."

J가 손등으로 이마를 닦았다. 그때, 그녀가 천천히 뒤로 돌아 J를 향해 앉았다. 한손으로 J의 목을 끌어안고, 다른 손으로 J의 가슴에 그려진 붉은 꽃을 어루만지기 시작했다. 세 사람의 숨소리만 들리는, 얼마인지 헤아릴 수 없는 시간이 지나갔다. 조용히 J의 젖꼭지가 응축되

고 성기가 일어섰다. 그녀는 마치 그가 그린 스케치들을 미리 보았던 사람처럼, 새들이 애무하듯 J의 목에 자신의 목을 감았다.

"좋아. 정말 좋아."

그는 그 장면을 여러 각도에서 잡았다. 마침내 가장 좋은 앵글을 찾아냈다.

"좋아…… 계속해. 그대로 몸을 겹쳐 누워봐."

그녀는 부드럽게 J의 가슴을 밀어 시트 위에 눕혔다. 두 손을 뻗어, J의 아랫배로 이르는 붉은 꽃잎 한장 한장을 쓰다듬어 내려왔다. 그는 캠코더를 들고 그녀의 뒤쪽으로 돌아가, 그녀의 등에 흐드러진 자줏빛 꽃들을, 그녀의 몸짓에 따라 흔들리는 몽고반점을 찍었다. 이거야, 라고 그는 이를 물고 생각했다. 여기서 더 나아갈 수 있다면.

이미 J의 성기는 부풀 만큼 부풀어 있었고, 그것 때문에 난감한 듯 J의 얼굴은 일그러져 있었다. 그녀는 천천히 몸을 엎드려 J의 가슴에 자신의 젖가슴을 포갰다. 그녀의 엉덩이가 허공으로 들어올려졌다. 그는 측면에서 그들의 몸을 찍었다. 고양이처럼 휘어진 그녀의 등과 J

의 배꼽 사이의 흰 공간, 그 위로 솟구쳐 있는 J의 성기는 흡사 거대한 식물들의 교합과 같은 그로테스크한 느낌을 자아냈다. 그녀가 천천히 몸을 일으켜 J의 아랫배 위에 곧추앉았을 때, 그는 더듬더듬 말했다.

"혹시…… 혹시 말이야."

그는 J와 그녀를 번갈아 보았다.

"……정말로 할 수 있겠어?"

그녀의 얼굴에는 흔들림이 없었으나, J는 마치 뜨거운 것에 덴 듯 그녀를 밀치고 물러섰다. 무릎을 세워 성기를 감추며 말했다.

"뭐예요. 포르노를 찍자는 거예요?"

"내키지 않는다면 하지 않아도 좋아. 하지만 자연스럽게 가능하다면……"

"난, 그만두겠어요."

J는 일어섰다.

"잠깐만, 기다려봐. 더 이상 요구하지 않을게. 지금 하던 대로만."

그는 J의 어깨를 움켜잡았다. 엉겁결에 너무 힘을 가했는지 아, 소리를 내며 J가 그의 손을 밀쳐냈다.

"이봐…… 이러지 마."

그의 다급하고 간절한 목소리에 J의 기분은 조금 누그러진 것 같았다.

"이해해요…… 나도 작업을 하는 사람이니까. 하지만 그건 안 되는 거예요. 이 사람은 뭐예요. 창녀나 그런 사람은 아닌 것 같은데. 또 창녀라 해도 이래도 되는 거예요?"

"알았어. 정말 알겠다구. 미안해."

J는 다시 시트 위로 돌아왔으나, 좀전까지의 흥분과 관능적인 분위기는 완전히 몸에서 사라져 있었다. J는 마치 벌을 서듯 딱딱한 얼굴로 그녀를 안아 눕혔다. 두 장의 꽃잎처럼 두 사람의 몸이 겹쳐졌을 때 그녀는 두 눈을 감았다. 만일 J가 오케이했다면, 그녀는 말없이 받아들였을 것이다. 그는 그것을 알았다.

"그대로 몸을 움직여봐."

느릿느릿, 마지못한 듯 J는 몸을 앞뒤로 움직여 섹스의 흉내를 냈다. 그녀의 발바닥이 한껏 오그라져 있는 것을, 두 손이 J의 등을 간절히 껴안고 있는 것을 그는 보았다. J의 몸이 무덤덤한 것을 충분히 상쇄할 만큼 그녀의 몸은 생생하게 살아, 달아올라 있었다. 너무나 짧게 느껴진, 그러나 J에게는 고역스러웠을 약 십분간의 그 자세 동안, 그는 상당히 좋은 이미지들을 원했던 각도들로 잡아 테이프에 담았다.

"이제 다 됐나요?"

흥분이 아닌 난감함 때문에 이마까지 붉어진 J가 물었다.

"한번만 더…… 이번이 마지막이야."

그는 마른침을 삼켰다.

"후위로. 여자를 엎드리게 하고. 이건 정말 마지막이야. 가장 중요한 장면이야. 안 된다고 하지 마."

J는 마치 울음소리처럼 들리는 웃음을 터뜨렸다.

"됐어요. 정말 됐어요. 더 추해지기 전에 그만해요. 충분히 영감이 됐어요. 포르노 배우들이 뭘 느낄지 진심으로 알겠어요. 정말 비참하군요."

J는 만류하는 그의 손을 뿌리치며 옷을 입기 시작했다. 그는 이를 악물었다. 자신의 작품이, 아직 정도 떨어지지 않은 꽃들의 회오리가 무채색의 셔츠 속으로 파묻혀가는 것을 지켜보았다.

"……이해 못하는 거 아니니까 나한테 옹졸한 놈이라

고 욕하지 말아요. 내가, 스스로 생각했던 것보다 온건한 사람이란 걸 오늘 알았어요. 호기심 때문에 하겠다고 하긴 했지만, 감당하기 힘들군요. 그만큼 더 깨져야 할 부분이 있다는 거겠지만…… 일단은 시간이 필요해요. 미안합니다, 선배."

J가 쏟아낸 말에는 분명한 진실이 담겨 있었고, 다소 상처를 받은 것 같았다. J는 그에게 묵례한 뒤, 창가에 서 있는 그녀에게는 형식적인 눈길만을 주고는 문 쪽으로 황황히 걸어갔다.

*

"미안해."

J의 차가 요란한 시동소리를 낸 뒤 앞마당을 떠났을 때, 주섬주섬 스웨터를 입는 그녀에게 그는 사과했다. 그녀는 대답하지 않았다. 청바지에 다리를 끼운 뒤 지퍼를 올리려다 말고, 허공을 향해 피식 웃었을 뿐이었다.

"왜 웃어?"

"다 젖어버려서……"

그는 한대 얻어맞은 듯 멍해진 머리로 그녀를 건너다 보았다. 그녀는 정말 난감한 표정으로 지퍼를 올리지도 내리지도 못한 채 엉거주춤 서 있었다. 그는 그때에야 자신이 계속 캠코더를 들고 있었다는 것을 깨달았다. 그는 캠코더를 내려놓고 성큼성큼 걸어가 조금 전 J가 나간 문을 잠갔다. 한번 잠근 것으로 모자라 윗부분의 방범체인까지 잠갔다. 그리고 거의 달리다시피 걸음을 빨리해, 그녀를 껴안고 시트 위로 쓰러졌다. 그녀의 청바지를 무릎까지 끌어내렸을 때 그녀가 말했다.

"안 돼요."

말로만 거부한 것이 아니라, 그녀는 거칠게 그를 밀치고 일어서서 바지를 추슬러 입었다. 지퍼가 올려지고 단단한 호크가 채워지는 것을 그는 올려다보았다. 그는 일어서서 그녀에게 다가가, 아직 열기가 남은 그녀의 몸을 벽으로 밀어붙였다. 그가 강제로 입술을 누르고 혀를 밀어넣으려 하자 그녀는 다시 거칠게 그를 밀어냈다.

"왜 안 된다는 거야? 내가 형부라서?"

"그런 게 아녜요."

"다 젖었다고 했잖아."

"………"

"그 자식이 마음에 들었던 거야?"

"그게 아니라, 꽃이……"

"꽃?"

순간 그녀의 얼굴은 무섭도록 창백해졌다. 깨물어서 붉어진 아랫입술이 보일 듯 말 듯 떨렸다. 차근차근 그녀는 말했다.

"정말 하고 싶었어요…… 그렇게 하고 싶었던 적이 없었어. 그 사람 몸에 뒤덮인 꽃이요…… 그게 날 못 견디게 했던 거야. 그것뿐이에요."

그녀가 등을 보이는 것을, 단호한 걸음걸이로 현관을 향해 걸어나가는 것을 그는 지켜보았다. 운동화를 구겨 신는 그녀에게 그는 외쳤다.

"그렇다면……"

자신의 목소리가 비명 같다고 그는 느꼈다.

"내 몸에 꽃을 그리면, 그땐 받아주겠어?"

그녀는 물끄러미 그를 돌아다보았다. 당연하죠, 그러지 않을 이유가 없잖아요,라고 말하는 것 같은 눈이었다. 아니, 최소한 그는 그렇게 느꼈다.

"그걸…… 찍어도 괜찮겠어?"

그녀는 웃었다. 희미하게, 어떤 것도 거부하지 않으며, 그럴 필요를 전혀 느끼지 못하겠다는 듯이. 혹은, 무언가를 조용히 조소하는 듯이.

*

죽었으면 좋겠어.

죽었으면 좋겠어.

그럼 죽어.

죽어버려.

왜 눈물이 흘러내리는지 모르는 채 그는 운전대를 거머쥐고, 몇번이고 와이퍼를 작동시키려다가, 부연 것은 유리창이 아니라 자신의 눈이라는 것을 깨닫곤 했다. 죽었으면 좋겠어,라는 말이 왜 주문처럼 머리 안쪽에서 쉴새없이 터져나오는지 그는 알 수 없었다. 마치 자신 안에 있던 다른 사람이 그 말을 듣고 답하듯, 그럼 죽어,라는 대답이 쉴새없이 몰아쳐오는 이유도 알 수 없었다. 흡사 타인들의 대화 같은 그 말들만이 그의 덜덜 떨리는 몸을 주문처럼 진정시키는 까닭도 알 수 없었다.

　가슴이, 아니 온몸이 타들어가는 것 같아 그는 양쪽 유리창을 활짝 열었다. 밤바람과 차들의 굉음 속에 그는 어두운 간선도로를 질주했다. 떨림은 손에서부터 시작해 온몸으로 번져, 숫제 이를 부딪치며 그는 액셀러레이터를 밟았다. 속도계를 볼 때마다 흠칫 놀라며, 경련하는 손가락으로 눈자위를 문질렀다.

*

　검은 원피스 위에 흰 카디건을 걸친 P가 아파트 정문에서 걸어나왔다. 사년간의 연애 끝에 그와 헤어진 뒤 P는 사법고시를 패스한 초등학교 동창과 결혼했다. 남편이 경제적 뒷받침을 해준 덕분이겠지만, 그녀는 결혼생활과 작업을 잘 병행했다. 수차례 개인전을 열며 강남의 컬렉터들에게 제법 인기를 얻었고, 주변의 시기와 험구를 확성기처럼 함께 달고 다녔다.

　그가 앞뒤로 비상등을 켜놓은 차를 P는 곧 알아보았다. 그는 차창을 내리며 외쳤다.

"타."

"여기 나 아는 사람 많아, 경비아저씨부터. 대체 뭐야, 이 시간에."

"일단 타. 할 얘기가 있어."

P는 마지못한 듯 그의 옆좌석에 올라탔다.

"오랜만이야. 갑자기 연락해서 미안해."

"그래, 오랜만이야. 그런데 형답지 않아. 설마 내가 보고 싶어서 온 건 아닐 텐데."

그는 초조하게 이마를 쓸어내리며 말했다.

"부탁이 있어."

"얘기해봐."

"여기서 하기엔 길어. 네 작업실로 가자. 여기서 가깝지?"

"걸어서도 오분 거리니까…… 그런데 왜!"

다혈질인 P는 어서 대답을 들어야겠다는 듯 목소리를 높였다. 이따금 부담스럽게 느꼈던, 강한 여자 특유의 생기가 문득 반갑게 느껴졌다. 그는 P를 안고 싶어졌다. 그러나 어디까지나 뭉클한 옛 감정일 뿐이었다. 그의 몸에는 좀전에 자취방에 데려다준 처제에 대한 욕망만이 석유를 부은 불처럼 타오르고 있었다. 기다려, 하고 그는 돌아서는 그녀에게 말했다. "그대로 기다려, 곧 올게." 그리고 그는 이곳으로 달려왔다. 그가 원하는 수준으로 그림을 그릴 수 있는 사람, 그의 알몸을 알고 있는, 급한 부탁을 한번쯤은 들어줄 수 있을 단 한 사람을 찾아서.

"남편이 오늘 야근이라 다행이야. 오해라도 했으면 어쩔 뻔했어."

작업실의 불을 켜며 P가 말했다.

"아까 말한 스케치 좀 봐."

그가 내민 스케치들을 P는 진지한 얼굴로 꼼꼼히 살폈다.

"……재미있네. 놀라워. 형이 이렇게 색채를 다루는 줄 몰랐어. 그런데."

P는 날큰한 턱을 만지작거리며 말을 이었다.

"그런데 형답지 않다. 이거 정말 발표할 수 있겠어? 형 별명이 오월의 신부였잖아. 의식있는 신부, 강직한 성직자 이미지…… 나도 그걸 좋아했던 건데."

P는 뿔테안경 너머로 그를 빤히 건너다보았다.

"형도 이제 변신하려는 거야? 그런데 너무 과격한 변신 아냐? 물론, 내가 왈가왈부할 처지는 아니지만."

P와 논쟁에 휘말리고 싶지 않았으므로 그는 잠자코 옷을 벗기 시작했다. P는 좀 놀란 듯했으나, 이내 체념한 듯 팔레트에 물감을 개었다. 붓을 고르며 그녀는 말했다.

"형 몸 오랜만에 본다."

P가 웃지 않아 다행이었다. 뜻없이 P가 웃었다 해도 그는 그것을 참혹한 조소로 받아들였을 것이다.

P는 매우 공을 들여, 천천히 그의 몸에 붓질을 했다. 붓은 차가웠고, 그 감촉은 간지러우면서도 저릿저릿한, 집요하고 효과적인 애무와 같은 것이었다.

"내 스타일이 나오지 않게 할게. 알지, 나도 꽃 이미지를 좋아해서 많이 그렸는데…… 형이 그린 건 굉장히 힘이 있어. 그걸 살릴게."

마침내 "다 된 것 같아"라고 P가 말했을 때는 자정이 훨씬 지난 시각이었다.

"고마워."

오래 알몸으로 있었으므로 그는 한기에 몸을 떨며 말

했다.

"거울이 있다면 보여주고 싶어. 그런데 거울을 안 갖다놔서."

그는 온통 소름이 돋아 있는 자신의 가슴과 배, 다리를, 거기 그려진 거대한 붉은 꽃을 내려다보았다.

"마음에 들어. 나보다 더 잘 그렸어."

"뒷모습이 어떨지 모르겠어. 형 스케치는 뒷모습에 더 중점을 둔 것 같던데."

"좋겠지. 네가 누군데."

"최대한 형 터치와 비슷하게 하려고 했는데, 어쩔 수 없이 내 냄새가 나는 것 같아."

"정말 고마워."

그때 비로소 P는 웃었다.

"사실 아까 형이 옷 벗었을 때, 나 좀 흥분됐었는데……"

"그런데?"

서둘러 옷을 꿰어입으며 그는 건성으로 물었다. 점퍼까지 입자 추위가 조금 누그러졌으나, 아직 몸이 굳어 있었다.

"지금은 왠지……"

"어떻다는 거야?"

"안돼 보여. 온몸에 꽃을 그려놓은 형 모습이…… 불쌍하단 생각이 들어. 한번도 형한테서 그런 느낌 받은 적 없었는데."

P는 그에게 다가와 셔츠의 윗단추를 마저 채워주었다.

"키스 한번은 해주겠지, 이 야밤에 날 불러냈으니."

P는 그의 대답을 듣기 전에 그의 입술에 입술을 포갰다. 수백번의 입맞춤의 기억이 그의 입술을 덮었다. 그는 눈물이 날 것 같았는데, 그것이 추억 때문인지, 우정 때문인지, 아니면 이제 곧 그가 넘으려는 경계에 대한 두려움 때문인지 잘 알 수 없었다.

*

너무 늦은 시각이었으므로 그는 초인종을 누르는 대신 낮게 문을 두드렸다. 대답을 기다리기 전에 문을 열어보았다. 짐작대로 열렸다.

그는 캄캄한 실내로 들어갔다. 베란다 유리문으로 가등의 불빛이 비쳐, 사물을 식별할 수 없을 지경은 아니었다. 그러나 신장에 툭 발이 부딪혔다.

"……자고 있어?"

그는 양손과 양어깨로 들고 온 촬영장비들을 현관에 내려놓았다. 구두를 벗고 매트리스 쪽을 향해 몇발짝 나아갔을 때, 어둠 속에서 희미한 사람의 형상이 일어나 앉는 것을 보았다. 어두웠지만 그녀가 발가벗고 있다는 것을 알아볼 수 있었다. 완전히 몸을 일으킨 그녀가 그에게 다가왔다.

"불을, 켤까?"

그의 목소리는 칼칼하게 쉬어 있었다. 낮은 대답이 돌아왔다.

"……좋은 냄새가 나요. 물감냄새."

그는 신음을 내며 그녀가 있는 쪽으로 달려갔다. 조명도, 촬영 따위도 그는 잊었다. 솟구치는 충동만이 그를 삼켰다.

그는 으르렁거리며 그녀를 눕혔다. 한손으로 그녀의 가슴을 움켜쥐며, 그녀의 입술과 코를 닥치는 대로 빨며 자신의 셔츠 단추를 풀었다. 아랫부분의 단추들은 아예 뜯겨지도록 잡아당겨버렸다.

벌거숭이가 된 그는 그녀의 가랑이를 힘껏 벌리고 그녀의 안으로 들어갔다. 어디선가 짐승의 헐떡이는 소리, 괴성 같은 신음이 계속해서 들렸는데, 그것이 바로 자신이 낸 소리라는 것을 깨닫고 그는 전율했다. 그는 지금까지 섹스할 때 소리를 내본 적이 없었다. 교성은 여자들만 지르는 것이라고 생각했기 때문이다. 그녀의 이미 흠뻑 젖은 몸, 무서울 만큼 수축력있게 조여드는 몸 안에서 그는 혼절하듯 정액을 뿜어냈다.

*

"미안해."

어둠에 잠긴 그녀의 얼굴을 더듬으며 그가 말했다. 그녀는 대답 대신 물었다.

"불을 켜도 되겠어요?"

침착한 목소리였다.

"……왜?"

"제대로 보고 싶어서."

그녀는 일어서서 스위치 쪽으로 걸어갔다. 채 오분도

걸리지 않은 일방적인 섹스였으므로, 그녀는 전혀 지치지 않은 것 같았다.

갑자기 실내가 밝아지자 그는 두 손으로 눈을 가렸다. 조금 지나서야 눈이 부시지 않아 손을 내렸다. 벽에 기대서 있는 그녀가 보였다. 그녀의 몸에 흐드러진 꽃들은 여전히 아름다웠다.

문득 자의식이 생겨, 그는 자신의 늘어진 아랫배를 손바닥으로 눌렀다.

"가리지 말아요…… 좋아요. 꽃잎이 주름진 것 같아."

그녀는 천천히 그에게 다가와 몸을 수그렸다. J에게 그랬듯 손가락을 뻗어 그의 가슴의 꽃을 어루만지기 시작했다.

"잠깐만."

그는 일어서서 현관으로 걸어나갔다. 벌거벗은 채 그는 삼각대를 낮게 설치하고 캠코더를 고정시켰다. 매트리스를 세워 베란다 쪽으로 밀어놓고, 가져온 흰 시트를 바닥에 깔았다. M의 작업실에서 그랬던 것처럼 발치에 조명을 설치했다.

"누워보겠어?"

그녀가 눕자, 그는 두 사람의 얽힌 몸이 위치하게 될 지점을 어림잡아 캠코더의 방향을 조정했다.

눈부신 조명 아래 그녀는 길게 드러누워 있었다. 그는 조심스럽게 자신의 몸을 그녀의 몸 위에 겹쳤다. J의 몸과 그녀의 몸이 그랬듯이 지금 두 사람의 몸은 겹쳐진 꽃들 같을까. 꽃과 짐승과 인간의 뒤섞인 한몸 같을까.

체위를 바꿀 때마다 그는 캠코더의 위치를 조정했다. J가 거부했던 후배위를 할 때는 먼저 엎드린 그녀의 엉덩이를 오래 클로즈업했다. 그가 뒤에서 삽입한 후로는 외부 모니터에 비친 영상을 직접 확인하며 섹스했다.

모든 것이 완벽했다. 그려왔던 대로였다. 그녀의 몽고반점 위로 그의 붉은 꽃이 닫혔다 열리는 동작이 반복되었고, 그의 성기는 거대한 꽃술처럼 그녀의 몸속을 드나들었다. 그는 전율했다. 가장 추악하며, 동시에 가장 아름다운 이미지의 끔찍한 결합이었다. 눈을 감을 때마다 그는 자신의 아랫도리를 물들이고 배와 허벅지까지 적시는 끈끈한 풀물의 푸른빛을 보았다.

마지막 체위는 그가 눕고 그녀가 그 위로 올라탔다. 역시 그녀의 몽고반점이 잡히도록 앵글을 잡았다.

영원히, 이 모든 것이 영원히……라고 그가 견딜 수 없는 만족감으로 몸을 떨었을 때 그녀는 울음을 터뜨렸다. 삼십분 가까이 신음 한번 내지 않고, 이따금 입술을 떨며, 줄곧 눈을 감은 채로 예민한 희열을 몸으로만 그에게 전해주던 그녀였다. 이제 끝내야 했다. 그는 상체를 일으켰다. 그녀를 안은 채 캠코더로 다가가, 더듬더듬 손을 뻗어 전원을 껐다.

이 이미지는 절정도 끝도 허락하지 않은 채 반복되어야 했다. 침묵 속에서, 그 열락 속에서, 영원히. 그러니까 촬영은 여기에서 마쳐야 하는 것이다. 그는 그녀의 울음이 잦아들기를 기다려 그녀를 눕혔다. 마지막 수분간의 섹스는 그녀의 이를 부딪치게 했고, 거칠고 새된 비명을 지르게 했고, "그만……"이라는 헐떡임을 뱉게 했으며, 다시 눈물을 흘리게 했다.

그리고 모든 것이 잠잠해졌다.

*

검푸른 새벽빛 속에서 그는 그녀의 엉덩이를 오랫동

안 핥았다.

"이걸 내 혀로 옮겨왔으면 좋겠어."

"……뭘요?"

"이 몽고반점."

그녀는 조금 놀란 듯 몸을 돌려 그를 보았다.

"어떻게 이게 아직 엉덩이에 남아 있는 거지?"

"……모르겠어요. 난 남들도 모두 그런 줄 알았어요. 그런데 어느 날 목욕탕에 가보니까…… 나 혼자만 갖고 있었어."

그는 그녀의 허리를 안은 손으로 반점을 어루만졌다. 낙인 같은 이 점을 나눠갖고 싶다고 그는 생각했다. 널 삼켜서, 녹여서, 내 혈관 속을 흐르게 하고 싶다.

"……이제 꿈을 꾸지 않게 될까?"

들릴 듯 말 듯한 목소리로 그녀가 중얼거렸다.

"꿈? 아, 얼굴…… 그래, 얼굴이라고 했지."

서서히 졸음이 밀려오는 것을 느끼며 그는 말했다.

"무슨 얼굴이지? 누구의 얼굴이야?"

"……늘 달라요. 어떨 땐 아주 낯익은 얼굴이고, 어떨 때는 처음 보는 낯선 얼굴이에요. 피투성이일 때도 있고…… 썩어서 문드러진 시체 같기도 해요."

그는 무거운 눈꺼풀을 치켜뜨고 그녀의 눈을 마주보았다. 조금도 지치지 않은 듯 그녀의 눈은 박명 속에서 술렁거리고 있었다.

"고기 때문이라고 생각했어요."

그녀는 말했다.

"고기만 안 먹으면 그 얼굴들이 나타나지 않을 줄 알았어요. 그런데 아니었어요."

그녀의 말에 집중해야 한다고 생각했지만, 의지와 무관하게 차츰 그의 눈은 감겼다.

"그러니까…… 이제 알겠어요. 그게 내 뱃속 얼굴이라는 걸. 뱃속에서부터 올라온 얼굴이라는 걸."

앞뒤를 알 수 없는 그녀의 말을 자장가 삼아, 그는 끝없이 수직으로 낙하하듯 잠들었다.

"이제 무섭지 않아요. ……무서워하지 않을 거예요."

*

그가 깨어났을 때 그녀는 아직 잠들어 있었다.

햇빛이 밝았다. 그녀의 머리칼은 짐승의 갈기처럼 흐트러졌고, 시트는 구겨진 채 그녀의 하체를 휘감고 있었다. 맵고 시큰한 냄새, 달콤하면서도 역하고 씁쓸한 냄새에 섞여, 갓난아이의 몸에서 나는 배냇내 같은 그녀의 체취가 집 안을 가득 채우고 있었다.

몇시쯤 되었나. 그는 아무렇게나 던져놓은 점퍼 주머니에서 휴대폰을 꺼냈다. 오후 한시였다. 새벽 여섯시쯤 잠들었으니, 꼬박 일곱시간을 죽은 듯 잠들어 있었던 것이다. 그는 일단 팬티와 바지를 입고, 장비부터 정리해야겠다는 생각에 조명과 삼각대를 챙겼다. 그런데 캠코더가 보이지 않았다. 촬영을 마친 뒤 넘어지거나 하지 않도록 현관 쪽에 따로 두었던 기억이 나는데 어디론가 사라지고 없었다.

혹 그녀가 아침에 일어나 다른 곳에 치웠나 싶어 그는 부엌 쪽으로 걸음을 돌렸다. 가벽 뒤의 싱크대로 돌아가기 전에, 바닥에 떨어져 있는 희끗한 것이 그의 눈에 들어왔다. 6mm 테이프였다. 이상하다, 생각하며 주워들고 가벽을 돌았을 때, 그는 식탁에 얼굴을 엎드리고 있는 여자를 발견했다. 아내였다.

보자기에 싸인 찬합이 그녀의 옆에 놓여 있었고, 휴대폰이 그녀의 손에 들려 있었다. 데크가 열린 캠코더는 식탁 아래에 뒤집혀 있었다. 그가 다가오는 소리를 들었을 텐데 아내는 미동도 하지 않았다.

"여……"

그 상황이 믿기지 않아, 그는 어지러움을 느끼며 말했다.

"여보."

그제야 아내는 고개를 들고 일어섰다. 그것이 그에게 다가오려는 것이 아니라, 그가 다가오지 못하도록 제지하려는 것임을 그는 곧 깨달았다. 아내는 조용히 입을 떼었다.

"영혜가 하도 연락이 없어서…… 가게 나가기 전에 들렀어요. 마침 오늘 나물 몇가지를 무쳤거든요."

그녀의 목소리는 몹시 긴장돼 있었으나, 거꾸로 그에게 변명하듯 애써 침착함을 유지하고 있었다. 그는 그 말씨를 알고 있었다. 아내가 극도로 감정을 숨기려 할 때의 느리고 낮은, 미세히 떨리는 음성이었다.

"……문이 열려 있길래 들어왔더니, 온몸에 물감칠을

한 영혜 모습이 너무 이상해서…… 그때까지도 당신은 벽 쪽으로 얼굴을 돌리고, 이불 속에 몸이 파묻혀 있어서 알아보지 못했어요."

아내는 휴대폰을 쥔 손으로 머리카락을 쓸어넘겼다. 아내의 두 손 모두 심하게 떨고 있었다.

"영혜한테 남자가 생겼나보다, 몸에 저런 게 있는 걸 보니 두번째 발광인가보다 싶었어요. 그냥 가버려야 하나 생각도 했지만…… 어떤 남자인지도 모르고, 영혜를 보호해야 한다는 생각이 들었어요. ……현관에 낯익은 캠코더가 있길래, 예전에 당신이 가르쳐줬던 대로, 테이프를 되감아서……"

아내는 한마디씩 침착하게, 그 자제력이 그녀의 모든 용기를 쥐어짜서 가능한 것임을 느끼게 하며 말을 이어갔다.

"거기서 당신을 봤어요."

그녀의 눈에는 형언할 수 없는 충격과 두려움, 절망이 함께 있었으나, 얼굴의 표정 자체는 오히려 거의 무감각하게 보였다. 그는 그제야 자신의 벌거벗은 상체가 아내에게 혐오감을 불러일으키리라는 것을 깨닫고 다급히 셔츠를 찾아 두리번거렸다.

욕실 쪽에 내던져진 셔츠에 팔을 끼우며 그는 말했다.

"여보. 내가 설명할게. 이해하기 쉽진 않겠지만……"

아내는 갑자기 높아진 목소리로 그의 말을 막았다.

"구급대를 불러놨어요."

"뭐라구?"

아내는 희끗하게 질린 얼굴로, 다가오는 그를 피해 뒤로 물러섰다.

"영혜도, 당신도 치료가 필요하잖아요."

그녀의 말의 진의를 파악하는 데 수초의 시간이 걸렸다.

"……나한테 정신병원에 들어가라는 거야?"

그때 매트리스 위에서 부스럭거리는 소리가 났다. 그도, 아내도 숨을 멈췄다. 실오라기 하나 걸치지 않은 그녀가 시트를 걷어내며 몸을 일으키고 있었다. 아내의 눈에서 눈물이 흘러내리는 것을 그는 보았다.

"나쁜 새끼."

아내는 낮은 소리로, 눈물을 삼키며 중얼거렸다.

"아직 정신도 성치 않은 애를…… 저런 애를."

아내의 젖은 입술이 파들거렸다.

그제야 아내가 온 것을 안 듯 처제는 멍한 얼굴로 이편을 건너다보았다. 아무것도 담기지 않은 시선이었다. 처음으로 그는 그녀의 눈이 어린아이 같다고 생각했다. 어린아이가 아니면 가질 수 없는, 모든 것이 담긴, 그러나 동시에 모든 것이 비워진 눈이었다. 아니, 어쩌면 어린아이도 되기 이전의, 아무것도 눈동자에 담아본 적 없는 것 같은 시선이었다.

그녀는 천천히 그들에게서 몸을 돌려 베란다 쪽으로 다가갔다. 미닫이문을 열어 찬바람이 일시에 밀려들어오도록 했다. 그는 그녀의 연둣빛 몽고반점을 보았고, 거기 수액처럼 말라붙은 그의 타액과 정액의 흔적을 보았다. 갑자기 자신이 모든 것을 겪어버렸다고, 늙어버렸다고, 지금 죽는다 해도 두렵지 않을 것 같다고 느꼈다.

그녀는 베란다 난간 너머로 번쩍이는 황금빛 젖가슴을 내밀고, 주황빛 꽃잎이 분분히 박힌 가랑이를 활짝 벌렸다. 흡사 햇빛이나 바람과 교접하려는 것 같았다. 가까워진 앰뷸런스의 사이렌, 터져나오는 비명과 탄성, 아이들의 고함, 골목 앞으로 모여드는 웅성거리는 소리들을 그는 들었다. 여러개의 급한 발소리들이 층계를 울리며 다가오고 있었다.

지금 베란다로 달려가, 그녀가 기대서 있는 난간을 뛰어넘어 날아오를 수 있을 것이다. 삼층 아래로 떨어져 머리를 박살낼 수 있을 것이다. 그렇게 할 수 있을 것이다. 그것만이 깨끗할 것이다. 그러나 그는 그 자리에 못 박혀 서서, 삶의 처음이자 마지막 순간인 듯, 활활 타오르는 꽃 같은 그녀의 육체, 밤사이 그가 찍은 어떤 장면보다 강렬한 이미지로 번쩍이는 육체만을 응시하고 있었다.

나 무 불 꽃

*

그녀는 비에 젖은 도로를 바라보며 서 있다. 마석읍 터미널 건너편의 버스정류장이다. 거대한 화물차들이 굉음을 내며 일차선을 질주해 지나간다. 빗발은 그녀의 우산을 뚫고 들어올 듯 거세다.

그녀는 아주 젊지 않다. 딱히 미인이라고 부르기도 어렵다. 다만 목선이 고운 편이고 눈매가 서글서글하다. 자연스러워 보이는 옅은 화장을 했으며, 흰 반소매 블라우스는 구김 없이 청결하다. 누구에게든 호감을 줄 법한 그 단정한 인상 덕분에, 희미하게 얼굴에 배어 있는 그늘은 그다지 눈에 띄지 않는다.

그녀의 눈이 잠시 빛난다. 기다리던 버스가 멀리서 모습을 드러냈기 때문이다. 그녀는 차도로 내려가 팔을 뻗는다. 맹렬히 달려오던 버스가 속력을 늦추는 것을 본다.

축성 정신병원 가지요?

늦은 중년의 버스기사가 고개를 끄덕이며 올라오라는 손짓을 한다. 차비를 낸 뒤 앉을 의자를 찾는 그녀의 눈에 승객들의 얼굴이 들어온다. 모두 그녀를 주시하고 있다. 환자인가, 보호자인가? 어디 이상한 구석은 없나. 의심과 경계, 혐오와 호기심이 얽힌 그들의 시선을 그녀는 익숙하게 외면한다.

그녀의 접힌 우산에서 물이 흘러내린다. 버스 바닥은 이미 젖어 검게 번들거린다. 우산으로 채 가리지 못한 비 때문에 그녀의 블라우스와 바지는 절반 가까이 젖었다. 버스는 속력을 내어 빗길을 달린다. 그녀는 균형을 잡으려 애쓰며 안쪽으로 걸어들어간다. 두 좌석 다 비어 있는 자리를 찾아 창 쪽에 앉는다. 가방에서 휴지를 꺼내 김 서린 차창을 닦는다. 오랫동안 혼자여온 사람만이 가질 수 있는 단단한 시선으로, 차창을 두드리는 세찬 빗줄기를 바라본다. 마석읍을 벗어나자 늦은 유월의 숲이 도로변으로 펼쳐진다. 폭우에 잠긴 숲은 포효를 참는 거대한 짐승 같다. 축성산으로 접어들면서 도로는 차츰 좁고 구불구불해진다. 그럴수록 숲은 더 가까이 다가와 젖은 몸을 넘실거린다. 석달 전 그녀의 여동생 영혜가 발견되었다던 숲이 저 산기슭 어디쯤이었을까. 빗발 속에 흔들리는 나무들 하나하나를, 그 아래 숨겨져 있을 캄캄한 공간들을 눈앞에 그리다가 그녀는 차창에서 고개를 돌린다.

영혜가 병원에서 사라진 것은 오후 두시에서 세시까지의 자유산책 시간이었다고 했다. 그때만 해도 먹구름이 깔려 있을 뿐 비는 내리지 않아, 여느 날의 일정대로 경증의 환자들이 산책을 나갔던 것이다. 오후 세시가 되어 간호사들이 환자들을 체크하던 중 영혜가 돌아오지 않은 것이 확인됐다. 비는 그때쯤부터 한두 방울씩 흩뿌리기 시작했다고 했다. 병원의 전 스태프에게 비상이 걸렸다. 버스와 택시가 지나가는 길목을 원무과 직원들이 신속히 막았다. 실종 환자의 경우 일찍 산을 내려가 이미 마석 쪽으로 빠져나갔을 가능성이 하나, 오히려 산속 깊이 들어갔을 가능성이 다른 하나였다.

늦은 오후로 접어들며 빗발은 차츰 굵어졌다. 삼월의 해는 날씨 때문에 더 빨리 저물었다. 근방의 산을 구석 구석 수색한 보호사들 중 하나가 영혜를 찾아낸 것은 천 만다행한 일, 아니, 거의 기적이라고 동생의 담당의는 그녀에게 말했다. 깊은 산비탈의 외딴 자리에서 영혜는 마치 비에 젖은 나무들 중 한그루인 듯 미동도 하지 않고 서 있었다고 했다.

영혜가 사라졌다는 전화를 받은 오후 네시경 그녀는 여섯살 난 아들 지우와 함께 있었다. 지우의 체온이 닷새째 사십도를 맴돌아 폐 사진을 찍으러 간 참이었다. 불안한 듯 촬영실 안의 기사와 그녀를 번갈아 바라보며 지우는 촬영기 앞에 혼자 서 있었다.

김인혜씨세요?

그런데요.

김영혜씨 보호자 되시죠.

영혜가 입원해 있는 병원에서 그녀의 휴대폰으로 먼저 연락해온 것은 처음이었다. 그녀가 면회시간을 예약하거나, 때로 동생에게 별일이 없는지 묻기 위해 전화를 걸곤 했을 뿐이었다. 간호사는 다급함을 감춘 침착한 말씨로 실종상황을 전했다.

저희가 최선을 다해 찾고 있지만, 혹시 그쪽으로 가면 바로 이리 전화주셔야 해요.

전화를 끊기 전에 간호사는 물었다.

다른 곳으로 갈 가능성은 없을까요? 부모님이라든지.

부모님 댁은 먼데…… 필요하시면 그쪽 연락은 제가 할게요.

그녀는 휴대폰을 접어 가방에 넣고는 촬영실을 나가 지우를 안았다. 며칠 사이 가벼워진 아이의 몸은 뜨거웠다.

엄마, 나 잘했지.

열 때문이기도 했겠지만, 아이의 얼굴은 칭찬에 대한 기대로 상기돼 있었다.

그래, 정말 조금도 안 움직이더라.

폐렴은 아니라는 의사의 소견을 들은 뒤 그녀는 지우를 안고 빗속의 택시에 실려 집으로 돌아갔다. 서둘러 아이를 씻기고 죽과 약을 먹여 일찍 재웠다. 그녀에게는 사라진 동생에 대한 생각으로 가슴을 조일 여유가 없었다. 닷새째 아이가 아팠으니 그녀 역시 닷새째 제대로 자지 못했다. 그날 밤에도 열이 떨어지지 않으면 큰병원에 입원시켜야 했다. 긴급상황에 대비해 미리 가방에 의료보험증과 지우의 옷가지를 넣고 있을 때 다시 전화가 걸려왔다. 아홉시가 되어가던 참이었다.

찾으셨다구요.

정말 다행이네요.

면회는 예정대로 다음주에 갈게요.

진심을 담아 감사하다고 인사하긴 했지만, 피로 때문에 그녀의 목소리는 착잡하게 가라앉아 있었다. 그날 전국적으로 비가 내렸다는 것을, 그러니까 영혜가 발견된 산에도 비가 쏟아지고 있었으리라는 것을 깨달은 것은 전화를 끊고 나서였다.

직접 본 것도 아닌 그 모습이 어떻게 그토록 명확한 풍경으로 떠올랐는지 그녀는 알 수 없다. 코를 쌕쌕거리는 아이의 이마에 밤새 물수건을 얹으며, 깜박깜박 기절하듯 잠에 떨어지기도 하며, 그녀는 혼령처럼 어른거리는 빗속의 숲을 보았다. 검은 비, 검은 숲. 흠뻑 젖은, 희끄무레한 환자복. 젖은 머리칼. 캄캄한 산비탈. 귀신처럼 우뚝 선, 어둠과 물의 덩어리가 되어버린 영혜. 마침내 새벽이 되어 아이의 이마를 만져보았을 때 그녀는 손바닥에 느껴지는 서늘함에 안도했고, 안방을 나가 거실 베란다로 드는 푸르스름한 박명을 물끄러미 바라보았다.

그녀는 몸을 둥글게 말고 소파에 모로 누워 잠을 청했다. 지우가 깨어나기 전에 한시간이라도 자둬야 했다.

언니, 내가 물구나무서 있는데, 내 몸에 잎사귀가 자라고, 내 손에서 뿌리가 돋아서…… 땅속으로 파고들었어. 끝없이, 끝없이…… 응, 사타구니에서 꽃이 피어나려고 해서 다리를 벌렸는데, 활짝 벌렸는데……

잠결에 들은 영혜의 목소리는 처음엔 나직하고 다정했으며, 중간쯤에선 어린아이처럼 천진했으나, 마지막 부분은 짐승의 소리처럼 뭉개어져 알아들을 수 없었다. 생시에 느끼지 못했던 강렬한 혐오감 때문에 그녀는 흠칫 눈을 떴다가 다시 잠들었다. 이번에 그녀는 욕실의 거울 앞에 서 있었다. 거울 속 자신의 왼쪽 눈에서 피가 흘러내렸다. 얼른 손을 들어 피를 닦아냈지만, 거울 속의 그녀는 어쩐 일인지 손을 움직이지 않고, 선혈이 흐르는 자신의 눈을 우두커니 들여다보고 있을 뿐이었다.

지우의 기침소리에 그녀는 휘적휘적 일어나 안방으

로 들어갔다. 오래전 그 방의 구석자리에서 웅크려 앉아 있었던 영혜의 모습을 지우며, 경기하듯 허공으로 쳐든 아이의 작은 손을 잡았다. ……이제 괜찮아. 그녀는 낮게 중얼거렸는데, 그것이 아이를 달래려는 것이었는지, 자신을 위한 것이었는지는 분명하지 않았다.

*

버스는 언덕길을 돌아 두 갈래 길에서 멈춘다. 앞문이 열리자 그녀는 성큼성큼 계단을 내려가 우산을 펼친다. 이곳에서 내린 승객은 그녀뿐이다. 버스는 지체없이 빗길을 달려 멀어져간다.

이곳에서 갈라져나가는 좁은 도로를 따라 비탈진 언덕을 넘고, 오십여 미터 길이의 터널을 빠져나가면 산 가운데 자리한 자그마한 병원이 모습을 드러낼 것이다. 조금 잦아들었다고 하나 아직 기운찬 빗발이 쏟아지고 있다. 그녀는 허리를 수그린다. 바지 밑단을 접는 그녀의 눈으로 아스팔트에 쓰러진 실망초들이 들어온다. 그녀는 묵직한 가방을 고쳐멘다. 우산을 바로 쓰고 병원을 향해 걷기 시작한다.

이제는 수요일마다 영혜의 경과를 보러 가지만, 그 비
내리던 날 영혜가 실종되었다가 발견되기 전에는 한달
에 한번쯤 지나던 길이다. 과일이나 떡, 유부초밥 따위
를 싸들고 걸어가던 이 길은 인적도 차량도 드물어 적
요했다. 원무과 옆의 면회실에 마주앉아 탁자 가득 음식
을 펼쳐놓으면 영혜는 숙제하는 아이처럼 말없이 그것
들을 씹어삼켰다. 그녀가 영혜의 머리칼을 쓸어 귀 뒤로
넘겨주면 눈을 들어 가만히 웃기도 했다. 아무 문제 없
는 것 아닐까, 하는 마음이 들게 하는 순간들이었다. 언
제까지나 이렇게 살아가면 되는 것 아닐까. 이곳에서 영
혜는 말하고 싶을 때만 말하고, 고기를 먹기 싫으면 안
먹으면 되는 것 아닐까. 그녀는 가끔씩 이렇게 동생을
보고 가면 되는 것 아닐까.

영혜는 그녀보다 네살 어렸다. 터울이 제법 져서인지,
그녀들은 자매간에 흔히 볼 수 있는 티격태격하는 갈등
없이 자랐다. 손이 거칠던 아버지에게 차례로 뺨을 맞던
어린시절부터 영혜는 그녀에게 무한히 보살펴야 할, 흡
사 모성애와 같은 책임감을 안겨주는 존재였다. 발뒤꿈

치에 새카만 때가 끼어 있고 여름이면 콧잔등에 땀띠가 빨긋하게 돋던 여동생이 성장하여 결혼하는 것을 그녀는 신기한 마음으로 지켜보았다. 다만, 나이를 먹을수록 동생의 말수가 적어진 것이 내심 안타까울 뿐이었다. 그녀 역시 신중한 성격이긴 하지만 분위기에 따라 밝고 싹싹한 편인 데 반해, 영혜의 심중은 어느 때건 들여다보기 어려웠다. 너무 어려워 때로는 타인처럼 느껴지는 순간도 있었다.

가령 지우가 태어난 날 병원에 첫 조카를 보러 온 영혜는 축하한다는 말 대신 "처음 봐, 이렇게 작은 아이는…… 갓 태어나면 원래 이런 거야?" 하고 중얼거리듯 물었을 뿐이었다.

엄마 계신 J읍까지 혼자 안고 갈 수 있겠어? 운전이야 형부가 하겠지만…… 힘들 것 같으면 내가 같이 갈까?

고맙게도 그렇게 살가운 제안을 해주었지만, 그때 영혜의 입가에 어린 조용한 미소는 어쩐지 낯설어 보였다. 마치, 그녀가 영혜를 낯설게 느끼는 것만큼이나 영혜 역시 그녀를 낯설게 느끼고 있음을 드러내고 있는 것 같았다. 침착하다는 인상을 넘어 거의 적막하게 느껴지는 그 얼굴 앞에서 그녀는 대답을 잃었다. 그것은 남편의 우울한 태도와는 전혀 닮은 데가 없었지만, 어떤 부분에서는 동일하게 그녀를 좌절하게 하는 것이었다. 두 사람 다 비슷하게 말수가 적어서였을까.

그녀는 터널에 들어선다. 날씨 탓에 터널의 내부는 평소보다 어둡다. 그녀는 우산을 접는다. 커다랗게 울리는 자신의 발소리를 들으며 앞으로 나아간다. 어둠이 축축하게 배어나오는 것 같은 벽면 가운데에서, 처음 보는 종류의 커다란 얼룩무늬 나방 한마리가 날아오른다. 그녀는 잠시 멈춰 그 날갯짓을 올려다본다. 캄캄한 천장에 자리를 옮겨잡은 나방은 관찰자를 의식한 듯 더이상 움직이지 않는다.

남편은 저렇게 날개가 있는 것들을 즐겨 찍었다. 새, 나비, 비행기부터 나방이나 파리에 이르기까지. 작업 내용과 그다지 관련돼 보이지 않는 그것들의 비행장면은 그러잖아도 미술에 문외한인 그녀를 당혹스럽게 했다. 저 장면은 왜 들어간 거예요, 라고 그녀는 물은 적이 있었다. 무너진 다리와 장례식의 오열장면 끝에 느닷없이 새의 검은 그림자가 이초쯤 천천히 허공으로 솟아올랐을 때였다.

그냥,이라고 그는 그때 대답했다.

그냥 저런 걸 넣게 돼. 넣고 나면 마음이 편해져.

그러고는 익숙한 침묵이었다.

결코 관통할 수 없을 것 같은 침묵에 싸여 있던 남편의 실체를 과연 그녀는 만난 적이 있었을까. 그의 작업이 그것을 보여줄지 모른다고 생각한 적도 있었다. 그는 짧게는 이분에서 길게는 한시간 분량의 비디오작품을 만들어 전시했는데, 사실 그녀는 그를 알기 전에 그런 미술분야가 있다는 것도 모르고 있었다. 노력에도 불구하고, 그의 작품을 이해할 수도 없었다.

처음 그를 만난 늦은 오후를 그녀는 기억한다. 수수깡처럼 마른 몸에 며칠째 수염을 깎지 않은 얼굴의 그는 한눈에도 무거워 보이는 캠코더가방을 둘러메고 그녀의 가게를 찾았다. 애프터셰이빙 로션을 찾으며 유리진열대에 두 팔을 내려놓는 그는 지쳐 보였다. 유리진열대가 그와 함께 무너져버릴 것 같다고 느꼈을 정도였다. 연애경험이 거의 없었던 그녀가 그에게 "점심은 드셨어요?"라고 서글서글하게 물은 것은 기적과 같은 일이었다. 그는 조금 놀란 듯, 그러나 놀람을 표시할 만큼의 힘도 남아 있지 않은 듯 피로한 시선으로 그녀의 얼굴을 바라보았다. 그녀가 가게문을 잠그고 나가 그와 함께 늦은 점심을 먹은 것은, 물론 그녀 역시 그날 점심을 걸러서였기도 했지만, 그의 독특한 무방비상태가 그녀까지 경계를 풀게 했기 때문이었다.

그날 이후 그녀가 그에게 바란 것은 자신의 힘으로 그를 쉬게 해주는 것이었다. 그러나 애써 기울인 여러 배려들에도 불구하고, 결혼 후에도 그는 여전히 지쳐 보였다. 그는 언제나 자신의 일로 바빴고, 어쩌다 집에 머물러 있는 시간에는 마치 여관에 든 여행자처럼 서름서름해 보였다. 특히 작업이 잘 풀리지 않을 때면 그의 침묵은 고무처럼 질기고, 바위처럼 무거웠다.

얼마 지나지 않아 그녀는 한가지 사실을 깨달았는데, 그녀가 간절히 쉬게 해주고 싶었던 사람은 그가 아니라 그녀 자신이었는지도 모른다는 것이었다. 열아홉살에 집을 떠난 뒤 누구의 힘도 빌지 않고 서울생활을 헤쳐나온 자신의 뒷모습을, 지친 그를 통해 그저 비춰보았던 것뿐 아닐까.

자신의 애정을 확신하지 못한 것과 같이, 그가 그녀에게 애정을 가지고 있었는지 역시 그녀는 확신한 적이 없었다. 그가 일상생활에 워낙 서투르기 때문에 그녀에게 의지하고 있다는 것을 이따금 느끼기는 했다. 그는 고지식해 보일 만큼 올곧은 성격의 사람이었고, 누구에게든 과장이나 아첨의 말을 하지 못했다. 그러나 그녀에게는 늘 친절했고, 한번도 거친 말을 쓰지 않았으며, 이따금 존경을 담은 눈으로 그녀를 바라보았다.

당신은 나에게 과분해.

결혼 전에 그는 말한 적이 있었다.

당신의 선량함, 안정감, 침착함, 살아간다는 게 조금도 부자연스럽지 않아 보이는 태도…… 그런 게 감동을 줘.

그 말은 다소 어려웠기 때문에 그럴듯하게 들렸지만, 오히려 그가 사랑 따위에 빠지지 않았음을 드러내는 고백은 아니었을까.

아마도 그가 정말 사랑한 것은 그가 찍은 이미지들이거나, 그가 찍을 이미지들뿐이었을 것이다. 결혼 후 그의 전시회에 처음 갔을 때 그녀는 놀랐는데, 금방이라도 주저앉을 듯 위태해 보이던 이 남자가 이렇게 많은 곳을 캠코더와 함께 누비고 다녔다는 것을 믿을 수 없었기 때문이었다. 촬영이 민감한 장소에서 그가 치렀을 협상, 때로 보여야 했을 용기와 뱃심, 끈덕진 인내를 그녀는 상상하기 어려웠다. 말하자면, 그의 열정을 믿을 수 없었다. 그의 열정어린 작품들과, 수족관에 갇힌 물고기 같은 그의 일상 사이에는 결코 동일인이라고 부를 수 없을 간격이 분명하게 존재하는 것처럼 보였다.

꼭 한번, 집에서 그의 눈이 빛나는 것을 본 적이 있었다. 지우가 돌을 넘겨 발을 떼어놓기 시작하던 무렵이었다. 캠코더를 꺼내든 그는 햇빛이 드는 거실 가운데를 위태위태하게 걷는 지우를 찍었다. 지우가 그녀에게 와락 안기는 장면, 그녀가 지우의 정수리에 입맞추는 장면도 찍었다. 알 수 없는 생명의 빛이 번쩍이는 눈으로 그는 말했다.

지우가 한발 한발 디딜 때마다, 미야자키 하야오의 영화처럼 발자국에서 꽃이 피어나도록 애니메이션을 넣을까? 아니, 나비떼가 날아오르는 게 낫겠어. 아, 그러려면 풀밭에서 다시 찍는 게 좋겠어.

그는 그녀에게 캠코더의 작동법을 알려주고, 방금 찍은 장면들을 재생해 보여주며 열띤 어조로 말했다.

애도 당신도 흰옷을 입어야 돼. 아니, 아니야. 오히려 아주 남루한 옷을 입는 게 나을지도 모르겠군. 그래, 그게 더 좋겠어. 가난한 모자의 소풍, 아기의 서투른 발걸음마다 기적처럼 날아오르는 색색의 나비떼……

그러나 그들은 풀밭에 가지 않았고, 지우는 곧 자라 더이상 서투르게 걷지 않았다. 아이의 발걸음에서 나비떼가 날아오르는 비디오는 오로지 그녀의 상상 속에 남았다.

언제부턴가 그는 부쩍 더 고단해했다. 주말도 밤도 없이 집에 돌아오지 않고 작업실에 틀어박혔지만 어떤 성과물도 만들어내는 것 같지 않았다. 운동화가 새카매지도록 거리를 헤매고 돌아와도 마찬가지였다. 이따금 새벽에 깬 그녀는 불켜진 욕실에 들어갔다가 소스라치게 놀라곤 했다. 언제 들어왔는지 모를 그가, 물을 받지 않은 욕조 속에 옷을 입은 채 웅크려 잠들어 있었기 때문이었다.

우리집에 아빠 있어?

그가 떠난 뒤 지우는 그녀에게 묻곤 했는데, 그 질문
은 그가 떠나지 않았을 때에도 아이가 아침마다 던졌던
것이었다.

없어,라고 그녀는 짧게 대답하곤 했다. 소리나지 않는
말로 그녀는 덧붙였다.

아무도 없어. 너랑 엄마만 있는 거야. 언제까지나 그
럴 거야.

*

빗속의 병사(病舍)들은 고적하다. 짙은 회색의 콘크
리트 벽면은 비에 젖은 탓에 평소보다 어둡고 육중해 보
인다. 이층과 삼층에 배치된 병실의 창들은 철창살로 막
혀 있다. 맑은 날에는 그 사이로 얼굴을 내민 환자를 보
기 어렵지만, 이런 날씨에는 비를 구경하는 환자들의 회
색 얼굴이 여럿 보인다. 영혜의 병실이 있는 별관건물의
삼층을 어림해 올려다보다가, 그녀는 매점과 면회실로
통하는 원무과 쪽 입구로 걸어들어간다.

박인호 선생님 뵙기로 했는데요.

원무과의 여직원은 그녀를 알아보고 인사한다. 그녀는 물이 흐르는 우산을 접어 묶은 뒤 목제 긴의자에 앉는다. 의사가 상담실로 내려오기를 기다리는 동안, 언제나처럼 고개를 돌려 병원 안뜰의 느티나무를 내다본다. 수령이 사백년은 되어 보이는 고목이다. 맑은 날에 수많은 가지들을 펼치고 햇빛을 반사하던 저 나무는 그녀에게 무엇인가를 말하는 것 같았는데, 비에 잠긴 오늘은 할말을 안으로 감춘 과묵한 사람 같다. 늙은 밑동의 껍질은 흠뻑 젖어 저녁처럼 어둡고, 잔가지의 잎사귀들은 말없이 떨며 비를 받아들이고 있다. 그 형상 위로 귀신처럼 겹쳐지는 영혜의 모습을 그녀는 조용히 쏘아본다.

그녀는 충혈된 눈을 오래 감았다 뜬다. 여전히 침묵하는 나무가 시야에 가득 찬다. 지우는 그날 밤 이후 회복되어 다시 어린이집에 다니지만 그녀는 여전히 숙면을 취하지 못하고 있다. 그러니까 꼬박 석달째 한시간 이상 이어서 잠들지 못했다. 영혜의 목소리와 검은 비가 내리는 숲, 눈에서 선혈이 흐르는 자신의 얼굴이 긴 밤을 사금파리처럼 잘게 바수어낼 뿐이다.

그녀가 마침내 더이상의 잠을 포기하고 일어나는 시

각은 새벽 세시경이다. 세수를 하고, 이를 닦고, 반찬을 만들고, 구석구석 집 안을 정리해보지만 시곗바늘은 육중한 추라도 매단 듯 좀처럼 빠르게 돌아가주지 않는다. 결국 그녀는 그의 방에 들어가 그가 남겨놓고 간 음반을 듣거나, 예전에 그가 그랬던 것처럼 허리에 손을 짚고 방 안을 빙빙 돌기도 하며, 옷을 입은 채 욕조에 웅크려 누워 처음으로 그를 이해할 것 같은 기분이 되기도 한다. 아마 그에게는 옷을 벗을 힘이 없었던 모양이다. 샤워기의 온도를 조절해 목욕을 할 힘은 더더욱 없었을 것이다. 신기하게도 그 우묵하고 비좁은 공간이야말로 서른두 평의 아파트 안에서 가장 아늑하게 느껴지는 장소라는 사실을 그녀는 깨닫는다.

어디서부터 잘못되었을까.

그런 순간에, 이따금 그녀는 자신에게 묻는다.

언제부터 이 모든 일들이 시작되었을까. 아니, 무너지기 시작했을까.

영혜가 처음 이상해진 것은 삼년여 전 갑작스럽게 채식을 시작하면서부터였다. 채식주의자들이야 이제는 흔해졌지만, 영혜의 경우 특이한 점은 그 동기가 불분명하다는 것이었다. 눈뜨고 볼 수 없을 만큼 체중이 빠졌고, 거의 잠을 자지 않았고, 원래 조용한 성격이었다곤 하지만 의사소통이 불가능할 만큼 말을 잃었다. 제부는 물론 친정식구들 모두 그런 동생을 염려했다. 마침 그녀가 아파트를 옮겼을 무렵이었다. 집들이를 위해 친정의 가족들이 모였을 때 아버지는 영혜의 뺨을 때리고, 입을 억지로 벌리게 한 뒤 고깃덩어리를 쑤셔넣었다. 그녀는 마치 자신이 얻어맞은 것처럼 몸을 떨었다. 영혜가 짐승 같은 고함을 지르며 고깃덩어리를 뱉는 것을, 과도를 집어들고 자신의 손목을 긋는 것을 그녀는 딱딱하게 굳은 몸으로 지켜보았다.

막을 수 없었을까. 두고두고 그녀는 의문했다. 그날 아버지의 손을 막을 수 없었을까. 영혜의 칼을 막을 수 없었을까. 남편이 피흘리는 영혜를 업고 병원까지 달려간 것을 막을 수 없었을까. 정신병원에서 돌아온 영혜를 제부가 냉정히 버린 것을 말릴 수 없었을까. 그리고 남편이 영혜에게 저지른 일을, 이제는 다시 기억하고 싶지 않은 일을, 값싼 추문이 되어버린 그 일을 돌이킬 수 없었을까. 그렇게 모든 것이 ─ 그녀를 둘러싼 모든 사람의 삶이 모래산처럼 허물어져버린 것을, 막을 수 없었을까.

영혜의 엉덩이에 남아 있는 작고 파릇한 몽고반점이 남편에게 어떤 영감이라는 것을 주었는지 그녀는 알고 싶지 않다. 그 가을 아침 영혜에게 줄 나물을 싸들고 자취방을 찾았을 때 그녀가 본 광경은 상식과 이해의 용량을 뛰어넘는 것이었다. 그는 그 전날 밤 자신과 영혜의 나신에 울긋불긋한 꽃을 가득 그리고는 몸을 섞는 장면들을 테이프에 담았던 것이다.

그녀는 그것을 막을 수 없었을까. 그의 행동을 미리 예측할 만한 단서를 놓친 적은 없었을까. 영혜가 아직 약을 먹는 환자라는 사실을 그에게 더 강하게 인식시킬 수는 없었을까.

그 아침, 붉고 노란 꽃으로 온통 물감칠이 된 알몸의 영혜 곁에 이불을 쓰고 누운 남자가 그이리라는 생각을 그녀는 꿈에도 하지 못했다. 뛰쳐나가고 싶은 두려움과 싸워 이긴 것은 오로지 동생을 지켜야 한다는 생각 하나였다. 그 거부할 수 없는 책임감에 의지해 현관에 놓인 캠코더를 집어들었고, 다름아닌 그에게서 배운 작동법을 기억해 거기 담긴 것들을 보았다. 불이 붙은 물건인 듯 테이프를 꺼내다 떨어뜨리고, 더듬더듬 휴대전화 버튼을 눌러 두 명의 정신이상자를 데려가달라는 신고를 하는 동안에도 그녀는 그 모든 것들이 현실임을 받아들일 수 없었다. 자신의 눈조차 믿을 수 없었다. 분명한 것은 남편의 행동이 무엇으로도 용서받을 수 없다는 것뿐이었다.

정오가 지나서야 그가 깨어났고, 영혜가 깨어났고, 구속복과 보호장비를 갖춘 응급요원 셋이 뒤이어 들이닥쳤다. 영혜가 베란다에 위태롭게 서 있었으므로 그들 중 둘은 먼저 그애에게 달려갔다. 알록달록한 알몸 위로 구속복을 입히려 하는 그들에게 영혜는 격렬하게 저항했다. 응급요원의 팔을 거세게 물었고, 알아들을 수 없는 새된 고함을 질렀다. 몸부림치는 영혜의 팔뚝에 주삿바늘이 꽂혔다. 그 틈에 남편은 현관 쪽에 있던 응급요원을 제치고 달아나려 했으나 오히려 한팔을 붙들렸다. 온 힘을 다해 빠져나온 그는 뒤돌아서더니 눈 깜짝할 사이 베란다로 달려나갔다. 마치 자신이 한마리 새인 듯 난간 위로 훌쩍 뛰어오르려 했다. 그러나 막상 발빠른 응급요원이 그의 다리를 껴안자 그는 더이상 저항하지 않았다.

그녀는 그 광경을 끝까지 지켜보며 몸을 떨고 있었다. 마지막으로 끌려나가는 그와 눈이 마주쳤을 때, 그녀는 힘을 다해 그를 쏘아보려 했다. 그러나 그의 눈에 담긴 것은 욕정도 광기도 아니었다. 그렇다고 후회나 원망도 아니었다. 바로 그 순간 그녀가 느낀 것과 똑같은 공포, 그것뿐이었다.

그렇게 끝났다. 그날 이후 그들의 삶은 결코 이전으로 돌아갈 수 없는 것이 되었다.

병원에서 정상으로 판명된 그는 유치장에 구금되었다. 수개월의 소송과 지루한 구명운동 끝에 풀려났으며, 잠적해 다시 그녀 앞에 나타나지 않았다. 그러나 영혜는 폐쇄병동에서 나오지 못했다. 첫 발광 이후 잠시 말문을 열었던 영혜는 다시 침묵했다. 사람들에게 말하지 않는 대신, 아무도 없는 양달에 쪼그려앉아 무슨 말인가를 중얼거렸다. 여전히 고기를 먹지 않았으며, 고기반찬이 나오면 비명을 지르며 도망쳤다. 햇빛이 강한 날에는 창에 바싹 붙어 환자복 단추를 풀고 가슴을 드러냈다. 돌연 병로해진 부모는 더이상 둘째딸을 보려 하지 않았고, 짐승만도 못한 사위를 연상시키는 큰딸과도 연락을 끊었다. 막냇동생 내외도 마찬가지였다. 그러나 그녀는 영혜를 버릴 수 없었다. 누군가 입원비를 대야 했고, 누군가 보호자가 되어야 했다.

그녀는 계속해서 살아갔다. 등뒤에 끈질긴 추문을 매단 채 가게를 꾸려나갔다. 시간은 가혹할 만큼 공정한 물결이어서, 인내로만 단단히 뭉쳐진 그녀의 삶도 함께 떠밀고 하류로 나아갔다. 그 가을 다섯살이던 지우는 이제 여섯살이 되었고, 환경이 좋고 입원비가 합리적인 이 병원으로 옮길 때쯤 영혜의 상태는 매우 좋아진 것처럼 보였다.

어린시절부터, 그녀는 자수성가한 사람들이 공통적으로 갖는 강한 성격의 소유자였다. 자신의 삶에서 일어난 모든 일을 스스로 감당할 줄 알았으며, 성실은 천성과 같았다. 딸로서, 언니나 누나로서, 아내와 엄마로서, 가게를 꾸리는 생활인으로서, 하다못해 지하철에서 스치는 행인으로서까지 그녀는 최선을 다했다. 그 성실의 관성으로 그녀는 시간과 함께 모든 것을 극복할 수 있었을 것이다. 지난 삼월 영혜가 갑자기 사라지지 않았다면. 비내리는 밤의 숲에서 발견되지 않았다면. 그날 이후 모든 증세가 급격히 악화되지 않았다면.

*

탁탁탁탁, 활기찬 구둣소리를 울리며 흰 가운을 입은 젊은 의사가 복도 저편에서 걸어온다. 그녀가 일어서서 인사하자 의사는 가벼운 묵례를 던진다. 큰 동작으로 팔을 뻗어 상담실을 가리킨다. 그녀는 잠자코 의사의 뒤를 따라 방으로 들어간다.

삼십대 후반의 의사는 보기 좋게 살이 붙은 건장한 체격을 갖고 있다. 자신감이 가득해 보이는 표정과 걸음걸이를 가진 남자인데, 책상 앞에 앉아서는 이마를 찡그린 채 그녀를 건너다본다. 이 면담 자체를 기꺼워하지 않는다는 느낌이 들어 그녀는 마음이 무거워진다.

동생은……

저희로서는 최선을 다했지만, 여전한 상탭니다.

그럼, 오늘……

그녀는 잘못을 저지른 사람처럼 얼굴을 붉힌다. 의사는 그녀의 말을 대신 이어준다.

오늘 튜브로 미음을 주입해보고, 조금이라도 상태가 나아지면 다행이지만, 그렇지 않으면 일반병원 중환자실로 옮기는 수밖에 없습니다.

그녀는 의사에게 묻는다.

그전에 잠깐 제가 다시 영혜를 설득해보면 안 될까요?

의사는 희망을 갖지 않은 눈으로 그녀를 건너다본다. 그는 지친 것 같다. 뜻대로 되지 않는 환자에게 숨겨진 분노를 가지고 있는 것 같기도 하다. 그는 손목시계를 보고는 말한다.

삼십분쯤 시간을 드리겠습니다. 성공하면 간호사실에 알려주세요. 아니면 두시에 뵙지요.

그냥 얘기를 끝내기 미안했던지, 금방이라도 자리를 박차고 나갈 것 같던 의사는 조금 더 대화를 이끌어간다.

지난번에도 말씀드렸지만, 신경성 거식증의 경우 십오에서 이십 퍼센트가 기아로 사망합니다. 뼈만 남았어도 본인은 살이 쪘다고 생각하죠. 지배적인 어머니와의 갈등이 주된 심리적 이유가 되고…… 하지만 김영혜씨 같은 경우는 정신분열증이면서 식사를 거부하는 특수한 경우예요. 중증의 정신분열증은 아니라는 확신이 있었는데, 이렇게 될 줄은 솔직히 예측 못했습니다. 차라리 피독망상이 있는 경우엔 설득할 수 있지요. 보는 앞에서 의사가 같이 음식을 먹는다거나. 하지만 김영혜씨는 음식을 거부하는 이유 자체가 불분명하고, 약도 전혀 효과를 나타내지 않습니다. 저희도 이런 말씀 드리는 게 쉽지 않지만 어쩔 수 없습니다. 일단 생명을 보존해야 하는데…… 저희 병원에선 그걸 장담할 수가 없으니까요.

일어서기 전에 의사는 그녀에게 묻는다. 직업적인 예민함이 느껴지는 질문이다.

안색이 안 좋으십니다. 잠을 잘 못 주무시나요?

그녀는 얼른 대답하지 못한다.

보호자가 건강하셔야지요.

묵례를 나누고, 의사는 올 때 그랬던 것처럼 탁탁탁, 발소리를 내며 먼저 상담실 문을 열고 나간다. 그녀가 따라나가자 의사의 뒷모습은 벌써 복도 저편으로 멀어지고 있다.

그녀가 원무과 앞의 긴의자로 돌아왔을 때, 화려한 성장을 한 중년여자가 중년남자의 팔을 잡고 현관으로 들어오는 것이 보인다. 환자를 면회하러 온 사람들인가.

다음 순간 여자의 입에서 거침없는 욕설이 쏟아져나온다. 남자는 익숙한 듯 욕설에 개의치 않고 장지갑에서 의료보험증을 꺼내 원무과의 창구에 내민다.

사악한 것들! 내장을 다 빨아먹어도 시원찮은 것들! 나 이민갈 거야. 너희 같은 것들하고 하루도 더 못 지내!

남편 같지는 않다. 오빠나 남동생쯤 될까. 저 중년여자가 오늘 입원수속을 밟으면 아마 안정실에서 밤을 새우게 될 것이다. 팔다리를 묶이고 진정주사를 맞을 확률이 높다. 그녀는 고래고래 악쓰는 여자의 화려한 꽃무늬 모자를 바라다본다. 이제는 저쪽의 미친 사람들은 아무렇지도 않게 느껴진다는 것을 문득 깨닫는다. 병원에 자주 드나들게 된 뒤, 그녀에게는 가끔 정상적인 인간들로 가득 찬 평온한 거리가 오히려 낯설게 느껴진다.

그녀는 영혜를 이 병원에 처음 데려오던 날을 생각한다. 초겨울의 청명한 오후였다. 서울의 종합병원 폐쇄병동은 가깝긴 했으나 입원비를 감당할 수 없어, 수소문 끝에 환자에 대한 처우가 좋은 편이라는 이 병원으로 옮겨온 것이었다. 통원치료를 권고받은 것은 그쪽 병원에서 퇴원하려고 담당의와 면담했을 때였다.

지금까지 관찰한 바로는 경과가 좋습니다. 사회생활까지 다시 시작할 순 없겠지만, 가족의 지지는 회복에 도움이 될 겁니다.

그녀는 대답했다.

지난번에도 그 말씀만 믿고 퇴원했었어요. 퇴원하지 않았다면 좋았을 거라고 생각하고 있어요.

그때 그녀는 알고 있었다. 의사에게 표했던 재발에 대한 우려는 단지 표면적인 이유이며, 영혜를 가까이 둔다는 사실 자체가 불가능하게 느껴졌다는 것을. 그애가 상기시키는 모든 것을 견딜 수 없었다는 것을. 사실은, 그애를 은밀히 미워했다는 것을. 이 진창의 삶을 그녀에게 남겨두고 혼자서 경계 저편으로 건너간 동생의 정신을, 그 무책임을 용서할 수 없었다는 것을.

다행히 영혜 역시 입원을 원했다. 병원이 편해요,라고 분명하게 의사에게 말하는 평상복 차림의 동생은 차분해 보였다. 눈빛이 또렷했고 입매도 야무졌다. 식사량이 줄어 그에 따라 몸무게가 준 것, 마른 편이던 몸이 유난히 더 가늘어진 것 외에는 보통사람과 구별할 수 없을 정도였다. 택시를 타고 오는 중에도 조용히 창밖을 내다보고 있을 뿐 어떤 불안의 기미도 보이지 않았으며, 택시를 보내고는 마치 산책나온 사람처럼 순순한 걸음걸이로 그녀의 뒤를 따랐다. 어느 분이 환자시죠,라고 원무과 직원이 물어왔을 정도였다.

수속을 기다리는 동안 그녀는 영혜에게 말했다.

여긴 공기가 좋아서 입맛이 더 좋아질 거야. 좀 많이 먹고 살이 붙어야지.

그즈음 조금씩 입을 열기 시작한 영혜는 창밖의 느티나무에 시선을 던지며 말했다.

응…… 여기엔 큰 나무들이 있네.

원무과의 연락을 받고 온 건장한 중년의 남자 보호사가 입원가방의 내용물을 확인했다. 속옷과 평상복, 슬리퍼, 세면도구. 보호사는 꼼꼼히 옷 하나하나를 펼쳐갔다. 끈이나 핀 따위가 없는지 조사하는 것 같았다. 코트를 여미는 길고 두꺼운 모직벨트를 빼내고는 두 사람에게 따라오라고 했다.

보호사는 열쇠로 문을 열고 앞장서서 병동으로 들어갔고, 그녀와 영혜는 뒤를 따랐다. 그녀가 간호사들과 인사를 나누는 동안 영혜는 시종 침착했다. 마침내 6인용 병실에 입원가방을 내려놓는 그녀의 눈에 촘촘한 창살들이 세로질러진 창문이 들어왔다. 순간, 미처 느끼지 못했던 죄의식이 무거운 덩어리처럼 가슴에 만져져 그녀는 당혹했다. 영혜가 소리없이 걸어와 그녀 곁에 선 것은 그때였다.

……여기서도 나무들이 보이네.

입술을 단단히 다문 채 그녀는 스스로에게 말했다. 약한 마음 먹지 마. 어차피 네가 지고 갈 수 없는 짐이야. 아무도 너를 비난하지 않아. 이만큼 버티는 것도 잘하고 있는 거야.

그녀는 곁에 선 영혜의 옆얼굴을 보지 않았다. 아직 잎을 다 떨구지 않은 낙엽송들 위로 부서지는 청명한 초겨울 햇살만을 내려다보았다. 마치 위로하듯 평온하고 낮은 목소리로 영혜는 그녀를 불렀다.

언니.

영혜의 낡은 검은 스웨터에서 희미한 나프탈렌 냄새가 났다. 그녀가 대답하지 않자, 영혜는 한번 더 언니, 하고 속삭였다.

언니. ……세상의 나무들은 모두 형제 같아.

행려들과 정신지체환자들을 수용하는 별관 2동을 지나 그녀는 1동 현관 앞에 선다. 유리문에 붙어 바깥을 보고 있는 환자들이 눈에 띈다. 며칠째 비 때문에 산책을 못했을 테니 아마 갑갑할 것이다. 벨을 누르자 일층 로비의 간호사실에서 사십대 후반의 보호사가 열쇠를 들고 걸어나온다. 원무과에서 미리 연락을 받고, 동생이 입원한 삼층에서 내려와 그녀를 기다리고 있었던 것이다.

문을 열고 나온 보호사는 날렵한 동작으로 돌아서서 열쇠를 꽂아 잠근다. 잠긴 유리문 안쪽에 뺨을 뭉개고 그녀를 바라보는 젊은 여자 환자가 눈에 띈다. 공허한 두 눈이 뚫어지게 그녀를 살핀다. 건강한 사람이라면 결코 타인에게 던질 수 없을 집요한 시선이다.

동생은 지금 어떻게 하고 있나요?

삼층까지 오르는 계단에서 그녀는 묻는다.

보호사는 뒤를 돌아보며 고개를 젓는다.

말도 마세요. 이젠 링거바늘도 뽑아버리려고 해서, 아예 안정실에 강박해놓고 진정제 맞히고 링거를 놓습니다. 그 몸에서 어떻게 뿌리칠 힘은 나오는지……

그럼, 지금 안정실에 있어요?

아니요. 좀전에 깨어나서 병실로 옮겼습니다. 두시에 콧줄 주입한다고 하잖았습니까?

그녀는 보호사를 따라 삼층 로비로 들어선다. 맑은 날에는 창가의 긴의자에 앉아 해바라기하는 노인 환자들이며 탁구에 열중한 환자들, 간호사실에서 틀어놓은 밝은 느낌의 음악으로 힘차게 느껴지던 공간이다. 그러나 오늘은 그 모든 활기를 비가 삼켜버린 듯하다. 병실에 들어가 있는 환자가 많은지 실내는 한산하다. 치매환자들은 어깨를 웅크린 채 손톱을 뜯거나 발치를 들여다보고 있고, 몇몇 환자들은 말없이 창문에 붙어 있다. 탁구대도 비어 있다.

그녀는 병동의 서쪽 복도 끝, 큰 창으로 오후의 햇빛이 가장 밝게 떨어지던 자리를 향해 눈길을 던진다. 지난 삼월 비내리는 숲으로 사라지기 직전, 그녀가 면회왔을 때 영혜는 면회실로 나오지 않았다. 이상하게도 며칠째 병동 밖으로 나가지 않으려 한다고 담당 간호사는 원무과의 수화기 저편에서 말했다. 환자들이 가장 좋아하

212

는 자유산책 시간에도 병동을 지키고 있다는 것이었다. 어찌됐든 먼걸음을 했으니 얼굴이라도 보고 가겠다는 그녀의 부탁에, 보호사가 그녀를 데리러 원무과로 내려왔다.

서쪽 복도의 저 자리에서 물구나무서 있는 기괴한 여환자의 모습을 발견했을 때 그녀는 설마 영혜이리라고 상상하지 못했다. 좀전에 통화한 간호사가 그녀를 그쪽으로 안내했을 때에야 영혜의 숱 많고 긴 머리칼을 확인할 수 있었다. 어깨로 땅을 짚고 거꾸로 선 영혜의 얼굴은 피가 몰려 새빨갰다.

벌써 삼십분째 이러고 있어요.

간호사는 답답한 듯 말했다.

이틀 전부터예요. 의식이 없는 것도 아니고, 말을 안하는 것도 아니고…… 다른 긴장형 환자들하곤 달라요. 어제까지는 강제로 병실에 들여보냈는데, 그래봤자 병실에서 다시 물구나무를 서니…… 그렇다고 강박해놓을 수도 없고.

그녀를 남기고 간호사실로 돌아가기 전에 간호사는 말했다.

……조금만 힘주어 밀면 쓰러지거든요. 얘기가 잘 안 되면 밀어보세요. 안 그래도 저희가 밀어서 병실로 가게 하려던 참이었어요.

혼자 남은 그녀는 쪼그려앉아 영혜와 눈을 맞추려 했다. 누구든 거꾸로 섰을 때의 얼굴은 바로 섰을 때의 얼굴과 달라 보인다. 별로 살이 없는 편인데도 영혜의 얼굴은 피부가 아래로 밀려 기이해 보였다. 생생히 번쩍이는 눈으로 영혜는 허공의 어딘가를 응시하고 있었다. 그녀가 온 것도 알아차리지 못한 것 같았다.

……영혜야.

대답이 없자 그녀는 좀더 큰 소리로 불렀다.

영혜야. 지금 뭘 하고 있어. 똑바로 서봐.

그녀는 영혜의 달아오른 뺨에 손을 뻗었다.

똑바로 서, 영혜야. 머리 안 아파? 얼굴이 새빨갛잖아.

마침내 그녀는 영혜의 몸을 힘주어 밀었다. 과연 다리부터 바닥으로 털썩 무너졌다. 그녀는 영혜의 목에 팔을 받쳐 들어올렸다.

……언니.

영혜의 얼굴에 미소가 어렸다.

언제 왔어?

마치 좋은 꿈에서 깨어난 것처럼 영혜의 얼굴은 빛나고 있었다.

보고 있던 보호사가 다가와 그녀들을 로비 한켠의 면담실로 안내했다. 원무과 옆의 면회실로 내려오기 어려울 만큼 증상이 무거운 환자들은 이곳에서 가족과 면회한다고 했다. 아마 의사와의 면담이 진행되는 곳인 것 같았다.

그녀가 탁자에 음식을 풀어놓으려 하자 영혜는 말했다.

언니. 이제 이런 거 안 가져와도 돼.

영혜는 웃었다.

나, 이제 안 먹어도 돼.

그건 또 무슨 소리야.

그녀는 홀린 듯이 영혜의 얼굴을 보았다. 이렇게 밝은 영혜의 얼굴을 그녀는 오랜만에, 아니, 어쩌면 처음 보았다. 그녀는 물었다.

아까는 대체 뭘 하고 있었던 거야?

……언닌, 알고 있었어?

대답 대신 영혜는 물었다.

……뭘?

난 몰랐거든. 나무들이 똑바로 서 있다고만 생각했는데…… 이제야 알게 됐어. 모두 두 팔로 땅을 받치고 있는 거더라구. 봐, 저거 봐, 놀랍지 않아?

영혜는 벌떡 일어서서 창을 가리켰다.

모두, 모두 다 물구나무서 있어.

까르륵 영혜가 웃었다. 그제야 그녀는 영혜의 표정이 어린시절의 어느 순간과 닮아 있다는 것을 깨달았다. 외꺼풀 눈이 가늘어지며 온통 까매지는 순간, 영혜의 입에서 까르륵, 무구한 웃음이 터져나오곤 했다.

어떻게 내가 알게 됐는지 알아? 꿈에 말이야, 내가 물구나무서 있었는데…… 내 몸에서 잎사귀가 자라고, 내 손에서 뿌리가 돋아서…… 땅속으로 파고들었어. 끝없이, 끝없이…… 사타구니에서 꽃이 피어나려고 해서 다리를 벌렸는데, 활짝 벌렸는데……

열에 들뜬 영혜의 두 눈을 그녀는 우두망찰 건너다보았다.

나, 몸에 물을 맞아야 하는데. 언니, 나 이런 음식 필요 없어. 물이 필요한데.

*

수고가 많으시지요.

그녀는 수간호사에게 인사를 건넨다. 가져온 떡을 내밀며 다른 간호사들에게도 일일이 인사한다. 언제나처럼 영혜의 상태에 대해 질문과 대답을 주고받는 동안, 매번 그녀를 간호사로 착각하는 오십대의 여자 환자가 창문 쪽에서부터 총총히 걸어와 그녀에게 꾸벅 절을 한다.

나 머리가 아픈데, 의사선생님헌테 약 좀 바꿔달라고 해주세요.

저 간호사 아니에요. 동생 면회왔어요.

여자의 눈이 간절하게 그녀의 눈을 마주본다.

나 좀 살려줘요…… 머리가 아파 살 수가 없단 말이요. 어떻게 이렇게 살아.

그때 이십대의 남자 환자 하나가 그녀의 등뒤에 바싹 붙어선다. 병원에선 흔히 있는 일이지만 그녀는 불안해진다. 환자들은 사람과 사람의 육체가 지켜야 할 적당한 간격을 무시하고, 시선을 둘 수 있는 적당한 시간을 무시한다. 그렇게 자신만의 세계에 틀어박힌 멍한 시선의 무리들이 있는가 하면, 의료진이 아닐까 착각될 만큼 명료한 시선을 가진 환자들도 많다. 한때 그녀의 동생이 그랬던 것처럼.

간호사 선생님, 도대체 저 사람 왜 그냥 놔두는 거예요. 계속 날 때리잖아요.

앙칼진 목소리의 삼십대 여자 환자가 수간호사에게 소리친다. 저 환자의 피해망상은 올 때마다 더 심해져 있는 것처럼 보인다.

그녀는 간호사들에게 다시 묵례로 인사한다.

일단 가서 동생한테 얘기해볼게요.

간호사들의 표정으로 미루어, 그녀들 역시 영혜에게 지쳤다는 것을 느낄 수 있다. 아무도 언니의 설득 따위가 효과를 거두리라는 생각은 하고 있지 않은 것이다. 그녀는 환자들 사이를 조심스럽게, 누구의 몸과도 스치지 않으려 주의하며 빠져나온다. 영혜의 병실이 있는 동쪽 복도로 걸어간다. 문이 열려 있는 병실 안으로 들어서자 짧은 커트머리의 여자가 그녀를 알아보고 나온다.

오셨어요?

알코올중독과 함께 경조증을 치료받는 희주씨다. 다

부진 몸매, 쉰 듯한 목소리를 가졌지만 동그란 눈 때문에 귀염성있게 보이는 여자다. 이 병원에서는 기능이 좋은 환자들에게 치매 환자를 돌보게 하고 보호자로부터 용돈을 받도록 주선하는데, 영혜가 계속 식사를 거부해 거동이 불편해지자 그녀 역시 희주씨에게 신세를 져왔다.

수고 많으셨지요.

그녀가 웃음을 지어 보인 찰나, 희주씨의 축축한 손이 그녀의 손을 잡는다.

어떡해요. 영혜, 죽을지도 모른다면서요.

희주씨의 동그란 눈에 그렁그렁 눈물이 맺힌다.

……상태가 어떤데요.

방금도 피를 조금 토했어요. 안 먹으니까 위산에 위가 깎여서 자꾸만 위경련이 일어나는 거래요. 그런다구 피가 날 수도 있는 거예요?

희주씨의 울먹임이 격해진다.

처음 제가 돌보기 시작했을 땐 이러지 않았는데…… 내가 어떻게든 더 잘했으면 괜찮았을까요? 이렇게까지 될 줄은 몰랐어요. 차라리 내가 안 맡았으면 이렇게 괴롭진 않았을 텐데.

목소리가 점점 격앙되는 희주씨의 손을 놓고 그녀는 한발 한발 침대로 다가간다. 차라리 눈이 안 보이면 좋겠다고 그녀는 생각한다. 누군가 자신의 눈을 가려준다면.

영혜는 반듯이 누워 있다. 눈길은 창밖을 향해 던져진 것처럼 보이지만, 자세히 보면 아무것도 보지 않고 있다. 얼굴과 목과 어깨, 팔과 다리에 조금도 살이 남아 있지 않은, 흡사 재해지역의 기아난민 같은 모습이다. 뺨이며 팔뚝에 긴 솜털이 자라 있는 것이 눈에 띈다. 마치 아기들의 몸에 자라는 것 같은 솜털이다. 오랜 굶주림으로 호르몬의 균형이 깨진 탓이라고 의사는 설명했었다.

영혜는 다시 어린아이가 되려는 걸까. 생리는 멎은 지 오래고, 몸무게가 삼십 킬로그램도 안 되니 가슴이 남아 있을 리 없다. 모든 이차성징이 사라진 기이한 여자아이의 모습으로 영혜는 누워 있다.

그녀는 흰 침대시트를 걷는다. 미동도 하지 않는 영혜의 몸을 뒤집어, 꼬리뼈와 등에 욕창이 생기지 않았는지 확인한다. 지난번에 짓물렀던 부위는 더이상 덧나지 않았다. 뼈만 남은 엉덩이 가운데 찍힌 또렷한 연둣빛의 몽고반점에 그녀의 시선이 머문다. 그곳에서부터 온몸으로 번지듯 퍼져나가 있던 꽃들의 형상이 아뜩하게 그녀의 눈을 가렸다가 사라진다.

희주씨, 고마워요.

……매일 물수건으로 씻어주고 파우더도 두드려주는데, 워낙 날씨가 습해서 잘 낫지 않아요.

정말 고마워요.

간호사 선생님이랑 목욕시킬 때, 전엔 힘들었는데, 이젠 너무 가벼워져서 힘도 안 들어요. 꼭 다시 아기 키우는 것 같아요. 안 그래두 오늘 목욕시켜주고 싶었는데, 다른 병원으로 옮길 거라니까, 마지막으루 꼭……

희주씨의 큰 눈이 다시 새빨개진다.

그래요, 이따 같이 목욕시켜요.

네, 이따 네시에 온수가 나온다고 하니까……

희주씨가 충혈된 눈을 연거푸 닦는다.

그럼 이따 봬요.

희주씨가 걸어나가는 것을 고갯짓으로 배웅한 뒤 그녀는 영혜의 몸에 다시 시트를 덮어준다. 발이 나오지 않도록 여며주다가 혈관이 터진 자리를 본다. 두 팔과 발등, 발꿈치의 정맥까지 성한 자리가 없다. 단백질과

포도당을 공급할 수 있는 유일한 수단이 정맥주사인데, 더이상 바늘을 꽂을 데가 없어진 것이다. 마지막 방법은 어깨에 연결된 대정맥에 연결하는 것인데, 위험한 시술이므로 종합병원으로 이송해야 한다는 담당의의 전화가 어제 걸려왔다. 코에 긴 튜브를 주입해 식도로 미음을 넘기려고 여러차례 시도했으나 영혜가 목구멍을 닫아버려 성공하지 못했다고 그는 말했다. 그러니까, 오늘의 시도를 마지막으로 이 병원의 의료진은 영혜를 포기하려 하는 것이다.

삼개월 전 숲에서 동생이 발견된 뒤, 약속한 면회날짜에 원무과를 찾았을 때 그녀는 담당의가 만나고 싶어한다는 전갈을 들었다. 처음 입원시켰을 때 이후 의사를 만난 적이 없었으므로 그녀는 얼마간 당황했다.

……고기반찬을 보면 심리적으로 불안해한다는 것을 알기 때문에 병원에서도 배식 때마다 주의했습니다. 그런데 이제는 식사시간에 로비로 나오지도 않고, 식판을 병실에 가져다줘도 먹지 않아요. 벌써 나흘쩹니다. 탈수현상이 시작되고 있어요. 링거를 맞는 것도 격렬하게 저항하니…… 더군다나 약을 제대로 먹는지도 의문입니다.

의사는 그동안 영혜가 약을 전혀 먹어오지 않았을지도 모른다고 의심하고 있었다. 경과가 워낙 좋아 마음을 놓은 자신을 자책하기도 했다. 그날 아침 약을 먹는 것을 간호사가 확인하고, 혀를 들어보라고 했으나 영혜는 말을 듣지 않았다고 했다. 억지로 혀를 들고 손전등을 비춰보았을 때 알약들이 나왔다는 것이다.

그날, 손등에 링거바늘을 꽂은 채 병실에 누워 있는 영혜에게 그녀는 물었다.

왜 그랬던 거야. 깜깜한 숲에서 뭘 했어. 춥지도 않았어? 큰병이라도 걸리면 어쩌려고.

영혜의 얼굴은 몹시 말랐고, 빗지 않은 머리카락이 거친 해초다발처럼 헝클어져 있었다.

밥을 먹어야지. 고기 먹는 게 싫어서 안 먹는 건 이해한다 치자. 왜 다른 것까지 안 먹겠다고 해.

영혜가 조용히 입을 달싹였다. 목말라. 물 줘. 그녀는 로비에 나가 물을 가지고 왔다. 물을 마신 뒤 영혜는 가쁜 숨을 몰아쉬며 물었다.

의사선생님하고 얘기했어, 언니?

그래, 얘기했어. 왜 밥을……

영혜가 그녀의 말을 잘랐다.

나, 내장이 다 퇴화됐다고 그러지, 그치.

그녀는 말문이 막혔다. 영혜의 여윈 얼굴이 그녀에게 가까이 다가왔다.

나는 이제 동물이 아니야 언니.

중대한 비밀을 털어놓는 듯, 아무도 없는 병실을 살피며 영혜는 말했다.

밥 같은 거 안 먹어도 돼. 살 수 있어. 햇빛만 있으면.

그게 무슨 소리야. 네가 정말 나무라도 되었다고 생각하는 거야? 식물이 어떻게 말을 하니. 어떻게 생각을 해.

영혜는 눈을 빛냈다. 불가사의한 미소가 영혜의 얼굴을 환하게 밝혔다.

언니 말이 맞아…… 이제 곧, 말도 생각도 모두 사라질 거야. 금방이야.

영혜는 큭큭, 웃음을 터뜨리고는 숨을 몰아쉬었다.

정말 금방이야. 조금만 기다려, 언니.

*

시간은 흐른다.

그녀에게 주어진 삼십분은 긴 시간이 아니다. 창밖으로는 어느결에 비가 잦아들고 있다. 방충망에 맺힌 빗방울이 흔들리지 않는 것으로 미루어, 비는 얼마 전에 잠시 그친 것 같기도 하다.

그녀는 영혜의 머리맡에 놓인 의자에 앉는다. 가방을 열고 여러개의 크고작은 밀폐용기들을 꺼낸다. 아무것도 보고 있지 않은 영혜의 텅 빈 눈을 들여다보다가, 첫번째로 가장 작은 사각용기의 뚜껑을 연다. 향긋한 냄새가 습기찬 병실의 공기에 퍼진다.

영혜야, 복숭아야. 통조림 황도복숭아. 너 이거 좋아하잖아. 정말 복숭아가 나오는 철에도 이걸 사먹었잖아, 애들처럼.

그녀는 물컹한 복숭아 한조각을 포크로 찍어 영혜의 코에 가까이 댄다.

냄새 맡아봐…… 먹고 싶지 않아?

다음 용기에는 먹기 좋은 크기로 네모지게 자른 수박

들이 담겨 있다.

너 어릴 때, 내가 수박 반으로 가를 때마다 냄새 맡아
보려고 했던 거 기억 안 나? 어떤 수박은 살짝 칼을 대도
갈라지면서 단 냄새가 온 집에 퍼졌잖아.

영혜는 미동도 하지 않는다. 석달을 굶으면 사람은 이
렇게 되는 것일까. 머리까지 작아져, 성인의 얼굴이라고
볼 수 없을 만큼 영혜의 얼굴은 조그맣다.

그녀는 영혜의 입술에 조심스럽게 수박조각을 문지
른다. 두 손가락으로 동생의 입을 벌려보려 하지만 굳게
다물려 있다.

······영혜야.

그녀는 낮은 소리로 부른다.

대답해, 영혜야.

동생의 굳은 어깨를 흔들고, 억지로 입을 벌리고 싶은
충동을 그녀는 억누른다. 고막이 찢어지게 영혜의 귀에
대고 고함을 지르고 싶다. 너 지금 뭐 하는 거야. 내 말
듣고 있는 거야? 죽고 싶니. 정말 죽고 싶어? 자신의 안
에서 뜨거운 거품처럼 끓어오르는 분노를 그녀는 망연
히 들여다본다.

시간은 흐른다.

그녀는 고개를 돌려 창밖을 본다. 비는 아무래도 그친
것 같다. 그러나 여전히 하늘은 흐리고, 젖은 나무들은
침묵하고 있다. 삼층의 병실이라, 휴양림으로 알려진 축
성산의 울창한 비탈이 멀리까지 내려다보인다. 그 비탈
의 거대한 숲도 침묵하고 있다.

그녀는 가방에서 보온병을 꺼낸다. 준비해온 스테인
리스 컵에 모과차를 따른다.

마셔봐, 영혜야. 맛이 잘 우러났어.

그녀는 자신이 먼저 입술을 대고 한모금 마셔본다. 혀
끝에 남은 맛이 달콤하고 향기롭다. 그녀는 손수건에 차
를 부은 뒤 그것으로 영혜의 입술을 적신다. 역시 아무
런 반응이 없다.

그녀는 말한다.

이렇게 죽으려는 거니? 그런 건 아니잖아. 그냥 나무
가 되고 싶은 거라면, 먹어야지. 살아야지.

말하다 말고 그녀는 숨을 멈춘다. 인정하고 싶지 않은
의심이 고개를 쳐들었기 때문이다. 그녀는 잘못 생각한

것 아닐까. 처음부터 영혜는 바로 그것, 죽음을 원해온
것 아닐까.

아니다,라고 그녀는 입속으로 되뇐다. 넌 죽으려는 게
아니야.

완전히 말문을 닫기 전, 그러니까 한달쯤 전에 영혜는
그녀에게 말했다.

언니, 나 여기서 나가게 해줘.

이제 완연히 살이 빠져 전혀 다른 사람처럼 보이는 얼
굴로 영혜는 속삭였다. 길게 말하기 힘든지 자주 말을
끊었고, 가쁜 숨소리가 거칠게 섞여나왔다.

사람들이, 자꾸만 먹으라고 해…… 먹기 싫은데, 억
지로 먹여. 지난번에 먹구선 토했다구…… 어젠 먹자마
자 잠자는 주사를 놨어. 언니, 나 그 주사 싫어, 정말 싫
어…… 내보내줘. 나, 여기 있기 싫어.

그녀는 영혜의 앙상한 손을 잡고 말했다.

지금 넌 제대로 걷지도 못하잖아. 링거라도 맞으니까
버티는 거지…… 집에 오면 밥을 먹을 거니? 먹는다고
약속하면 퇴원시켜줄게.

그때 영혜의 눈에서 빛이 꺼진 것을 그녀는 놓치지 않

왔다.

영혜야. 대답해봐. 약속만 하면.

고개를 외틀어 그녀를 외면하며, 영혜는 들릴 듯 말
듯한 음성으로 말했다.

……언니도 똑같구나.

그게 무슨 소리야. 난……

아무도 날 이해 못해…… 의사도, 간호사도, 다 똑같
아…… 이해하려고 하지도 않으면서…… 약만 주고, 주
사를 찌르는 거지.

영혜의 음성은 느리고 낮았지만 단호했다. 더이상 냉
정할 수 없을 것 같은 어조였다. 마침내 그녀는 참았던
고함을 지르고 말았다.

네가! 죽을까봐 그러잖아!

영혜는 고개를 돌려, 낯선 여자를 바라보듯 그녀를 물
끄러미 건너다보았다. 이윽고 흘러나온 질문을 마지막
으로 영혜는 입을 다물었다.

……왜, 죽으면 안 되는 거야?

왜, 죽으면 안 되는 거야.

그 질문에 그녀는 어떻게 대답해야 옳았을까. 그걸 대체 말이라고 하느냐고, 온힘을 다해 화라도 냈어야 했을까.

오래전 그녀는 영혜와 함께 산에서 길을 잃은 적이 있었다. 그때 아홉살이었던 영혜는 말했다. 우리, 그냥 돌아가지 말자. 그녀는 그 말을 이해할 수 없었다.

그게 무슨 소리야. 금방 어두워질 텐데. 어서 길을 찾아야지.

시간이 훌쩍 흐른 뒤에야 그녀는 그때의 영혜를 이해했다. 아버지의 손찌검은 유독 영혜를 향한 것이었다. 영호야 맞은 만큼 동네 아이들을 패주고 다니는 녀석이었으니 괴로움이 덜했을 것이고, 그녀 자신은 지친 어머니 대신 술국을 끓여주는 맏딸이었으니 아버지도 알게 모르게 그녀에게만은 조심스러워했다. 온순하나 고지식해 아버지의 비위를 맞추지 못하던 영혜는 어떤 저항도 하지 않았고, 다만 그 모든 것을 뼛속까지 받아들였을 것이다. 이제 그녀는 안다. 그때 맏딸로서 실천했던 자신의 성실함은 조숙함이 아니라 비겁함이었다는 것을. 다만 생존의 한 방식이었을 뿐임을.

막을 수 없었을까. 영혜의 뼛속에 아무도 짐작 못할 것들이 스며드는 것을. 해질녘이면 대문간에 혼자 나가 서 있던 영혜의 어린 뒷모습을. 결국 산 반대편 길로 내려가 집이 있는 소읍으로 나가는 경운기를 얻어타고 그들은 저물녘의 낯선 길을 달렸다. 그녀는 안도했지만 영혜는 기뻐하지 않았다. 아무 말 없이, 저녁빛에 불타는 미루나무들을 보고 있었을 뿐이다.

그 저녁, 영혜의 말대로 그들이 영영 집을 떠났다면 모든 것은 달라졌을까.

그날의 가족모임에서, 아버지가 영혜의 뺨을 치기 전에 그녀가 더 세게 팔을 붙잡았다면 모든 것은 달라졌을까.

영혜가 처음 제부를 인사시키려 데려왔을 때, 어쩐지 인상이 차가워 보여 마음에 들지 않았었다. 육감대로 그 결혼을 그녀가 만류했다면 모든 것은 달라졌을까.

그렇게 그녀는 영혜의 운명에 작용했을 변수들을 불러내는 일에 골몰할 때가 있었다. 동생의 삶에 놓인 바둑돌들을 하나하나 되짚어 헤아리는 일은 부질없었을 뿐더러 가능하지도 않았다. 그러나 생각을 멈출 수는 없었다.

만일 그녀가 그와 결혼하지 않았다면.

마침내 거기에 생각이 이를 때, 그녀의 머리는 둔중히 마비되곤 했다.

그를 사랑한다는 확신이 그녀에게는 없었다. 그것을 부지중에 알면서 그녀는 그와 결혼했다. 혹 그녀에게는 자신을 좀더 위로 끌어올려줄 무엇인가가 필요했던 건 아닐까. 비록 그가 하는 일은 경제적 보탬이 되지 않았지만, 교육자와 의사가 대부분인 그의 집안 분위기를 그녀는 좋아했다. 그의 말투, 그의 취향, 그의 미각과 잠자리에 자신을 맞추기 위해 그녀는 노력했다. 처음의 얼마 동안은 여느 부부들처럼 그와 크고작은 언쟁을 하기도 했지만, 오래 지나지 않아 체념할 수 있는 것들은 체념하게 되었다. 그러나 그것이 정말 그를 위한 것이었을까. 함께 살았던 팔년 동안, 그가 그녀를 좌절시킨 만큼 그녀 역시 그를 좌절시켰던 것은 아닐까.

구개월쯤 전, 꼭 한번 그는 그녀에게 전화를 걸어왔다. 자정 가까운 시각이었다. 먼 지방인지 동전 넘어가는 소리의 간격이 짧았다.

지우가 보고 싶어.

낮고 긴장한, 애써 침착을 가장한 그의 낯익은 목소리가 무딘 칼처럼 그녀의 가슴을 찔렀다.

……꼭 한번만 만나게 해줄 수는 없을까?

그다운 말이었다. 미안하다는 고백도, 용서를 빈다는 애원도 생략한 채, 단지 아이에 대한 이야기뿐이었다. 영혜가 어떻게 되었는지조차 묻지 않았다.

그녀는 그가 얼마나 예민한 사람인지 알고 있었다. 얼마나 자존심에 상처입기 쉽고 잘 좌절하는 사람인지. 그녀가 단 한번 거부하는 것만으로도 다시 연락해오려면 오랜 세월이 걸리리라는 것을.

그것을 알면서, 아니, 알기 때문에 그녀는 대답 없이 수화기를 내려놓았다.

한밤의 공중전화부스. 낡은 운동화, 추레한 옷. 절망

한 중년의 얼굴. 그녀는 고개를 흔들어 상상 속의 그 모습들을 지웠다. 영혜의 방 베란다 난간 위로 새처럼 날아오르려 하던 그의 자세가 조용히 그 위로 겹쳐졌다. 그는 비디오 속에 그토록 많은 날개 있는 것들을 집어넣었으면서도, 막상 자신은 가장 필요할 때 날아오르지 못했다.

마지막으로 보았던 그의 눈을 그녀는 또렷이 기억했다. 공포에 질린 그 얼굴은 낯선 것이었다. 그녀가 그토록 존경하려 애썼던 사람, 인내하고 보살피기 위해 몸을 으스러뜨렸던 사람의 얼굴이 아니었다. 그녀가 안다고 생각했던 그는 한갓 그림자에 불과했다.

나는 당신을 몰라.

수화기를 내려놓은 손에 힘을 주며 그녀는 중얼거렸다.

용서하고 용서받을 필요조차 없어. 난 당신을 모르니까.

전화벨이 다시 울리기 시작하자 그녀는 전화기의 코드를 뽑았다. 다음날 아침 코드를 다시 연결했지만, 그녀가 짐작했던 대로 그는 다시 전화해오지 않았다.

*

　시간은 여전히 흐른다.

　영혜는 이제 눈을 감고 있다. 잠든 것일까. 방금 그녀
가 입술에 대준 것들의 냄새를 맡았을까.

　그녀는 영혜의 얼굴에 두드러진 광대뼈를, 꺼진 눈두
덩을, 움푹 파인 뺨을 본다. 그녀는 숨이 가빠오는 것을
느낀다. 몸을 일으켜 창가로 걸음을 옮긴다. 조금씩 하
늘의 짙은 회색이 엷어지며 사위가 환해지고 있다. 축성
산의 여름숲도 제 빛을 찾으며 살아나기 시작한다. 그날
밤 영혜가 발견된 곳은 저 비탈 어디쯤이었을 것이다.

　소리가 들렸어,라고 영혜는 링거바늘을 꽂고 누운 채
대답했었다.

　부르는 소리가 들려서 간 것뿐이야…… 더이상 소리
가 들리지 않길래…… 거기 서서 기다린 것뿐이야.

　뭘 기다렸다는 거야, 하고 그녀가 묻자 영혜는 갑자기
눈빛에 열기를 띠었다. 바늘을 꽂지 않은 손을 뻗어 그
녀의 손을 움켜잡았다. 그 악력이 너무 강해 그녀는 놀
랐다.

비에 녹아서…… 전부 다 녹아서…… 땅속으로 들어가려던 참이었어. 다시 거꾸로 돋아나려면, 그렇게 할 수밖에 없거든.

희주씨의 격앙된 음성이 느닷없이 기억 속으로 뛰어든다.

어떡해요, 영혜. 죽을지도 모른다면서요.

비행기가 빠르게 이륙할 때처럼 그녀의 귓속이 멍해진다.

누구에게도 털어놓지 못한 기억이 그녀에게 있다. 아마 앞으로도 마찬가지일 것이다.

이년 전 사월, 그러니까 그가 영혜의 비디오를 찍던 해의 봄에 그녀는 한달 가까이 하혈을 했다. 피에 젖은 속옷을 빨 때마다 수개월 전 영혜의 손목에서 허공으로 솟구치던 선혈이 떠오르는 까닭을 그녀는 알 수 없었다. 병원에 가는 것이 두려워 하루하루 진찰을 미루며 그녀는 생각했다. 만일 나쁜 병이라면, 남은 시간은 얼마나 될까. 일년. 육개월. 아니면 삼개월. 그때 그녀가 처음으로 생생하게 의식한 것은 그와 함께 살아온 긴 시간이었다. 기쁨과 자연스러움이 제거된 시간. 최선을 다한 인내와 배려만으로 이어진 시간. 바로 그녀 자신이 선택한 시간이었다.

마침내 지우를 낳은 산부인과로 향하던 오전, 그녀는 국철 왕십리역의 실외승강장에 서서 유난히 오지 않는 기차를 기다리고 있었다. 맞은편에는 후락한 철조 가건물들이 서 있었고, 차량이 다니지 않는 가장자리의 침목들 사이로 손질 안 된 풀들이 웃자라 있었다. 문득 이 세상을 살아본 적이 없다는 느낌이 드는 것에 그녀는 놀랐다. 사실이었다. 그녀는 살아본 적이 없었다. 기억할 수 있는 오래전의 어린시절부터, 다만 견뎌왔을 뿐이었다. 그녀는 자신이 선량한 인간임을 믿었으며, 그 믿음대로 누구에게도 피해를 주지 않았다. 성실했고, 나름대로 성공했으며, 언제까지나 그럴 것이었다. 그러나 이해할 수 없는 일이었다. 그 후락한 가건물과 웃자란 풀들 앞에서 그녀는 단 한번도 살아본 적 없는 어린아이에 불과했다.

떨림과 수치심을 숨기고 침대에 올랐을 때, 중년의 남자 의사는 차가운 질경을 질 속 깊이 밀어넣고는 질벽에 붙은 혀 같은 폴립을 떼어냈다. 날카로운 통증에 그녀는 몸을 뒤틀었다.

이것 때문에 출혈이 있었던 거군요. 깨끗이 떼어냈으니 며칠간 출혈이 더 심해졌다가 멎을 겁니다. 난소엔 이상이 없으니 걱정하지 않으셔도 됩니다.

그 순간 그녀는 뜻밖의 고통을 느꼈다. 살아야 할 시간이 다시 기한 없이 남아 있었는데, 그것이 조금도 기쁘지 않았던 것이다. 지난 한달 동안 염려했던 큰병의 가능성은 오히려 사소한 번민에 불과했다는 것을 그녀는 깨달았다. 돌아오는 길, 다시 왕십리역의 승강장에 섰을 때 그녀의 다리가 허전거린 것은 방금 시술한 자리의 통증 때문만은 아니었다. 마침내 굉음과 함께 기차가 플랫폼으로 밀려들어오자 그녀는 더듬더듬 철제의자 뒤로 몸을 숨겼다. 그녀 안의 누군가가 자신을 그 단단한 차체 앞으로 내던질 것 같은 두려움 때문이었다.

그후 그녀가 보낸 사개월여의 시간을 어떻게 설명할 수 있을까. 하혈은 이주쯤 더 계속되다가 상처가 아물며 멎췄다. 그러나 그녀는 여전히 자신의 몸에 상처가 뚫려 있다고 느꼈다. 마치 몸뚱이보다 크게 벌어진 상처여서, 그 캄캄한 구멍 속으로 온몸이 빨려들어가고 있는 것 같왔다.

봄이 가고 여름이 오는 것을 그녀는 묵묵히 바라보았다. 화장품을 사들고 나가는 여자들의 옷차림이 차츰 화려하고 짧아졌다. 언제나처럼 그녀는 손님들에게 미소를 지었고, 활달하게 제품을 권했고, 적당한 에누리를 해주었으며, 샘플과 사은품을 넉넉히 챙겨주었다. 신제품의 포스터를 눈에 띄는 자리에 붙였고, 손님들의 평이 좋지 않은 피부관리사를 탈없이 교체했다. 그러나 직원들에게 가게를 맡기고 지우를 데리러 가는 저녁이면 그녀는 무덤처럼 지쳐 있었다. 음악과 연인들로 넘쳐나는 열대야의 거리 한편을 걸으며, 그녀는 예의 캄캄한 구멍이 언제나처럼 그 자리에서 입을 벌린 채 그녀를 빨아들이려 하는 것을 느꼈다. 땀에 젖은 몸을 끌며 그녀는 그 거리를 통과해 나아갔다.

그렇게 무더웠던 여름이 아침저녁으로 서늘해지던 즈음이었다. 언제나 그랬듯 며칠 만에 새벽에 들어온 그가 도둑처럼 그녀를 안았을 때 그녀는 그를 밀쳐냈다.

피곤해요.

정말 피곤하다니까요.

그는 낮게 말했다.

잠깐만 참아.

그때 그녀는 기억했다. 그 말을 그녀가 잠결에 무수히 들었다는 것을. 잠결에, 이 순간만 넘기면 얼마간은 괜찮으리란 생각으로 견뎠다는 것을. 혼곤한 잠으로 고통을, 치욕마저 지우곤 했다는 것을. 그러고 난 아침식탁에서 무심코 젓가락으로 자신의 눈을 찌르고 싶어지거나, 찻주전자의 끓는 물을 머리에 붓고 싶어지곤 했다는 것을.

그가 잠들고 나자 안방은 고요했다. 모로 누운 아이의 몸을 바로 누이며, 그녀는 어둠 속에 희미하게 드러난 부자의 옆얼굴이 가련하게 닮아 있는 것을 보았다.

아무것도 문제될 것 없었다. 사실이었다. 이제까지 그래왔듯이 언제까지나 살아나가면 되는 것이었다. 그것 말고는 어떤 다른 길도 없었다.

잠은 깨끗이 달아났지만, 대신 육중한 피로감이 그녀의 목덜미를 짓눌러왔다. 온몸의 습기가 바싹 말라버린 것 같다고 그녀는 느꼈다. 그렇게 건조된 육신이 이미 너덜너덜해진 것 같았다.

안방을 걸어나온 그녀는 검푸른 베란다창을 내다보았다. 지우가 간밤에 놀다 둔 장난감들, 소파와 텔레비전, 싱크대의 캄캄한 문짝들과 가스레인지의 얼룩들을 마치 처음 보는 물건인 듯, 처음 들어와본 집인 듯 둘러보았다. 그녀는 이상한 흉통을 느꼈는데, 마치 그 집이 점점 자신의 몸을 죄어들어오는 것 같은 압박감이었다.

그녀는 옷장문을 열었다. 아이가 젖먹이 때부터 좋아했던, 그래서 그녀가 집에서 자주 입었기 때문에 색이 바랠 대로 바랜 보라색 면티셔츠를 꺼냈다. 몸이 좋지 않을 때 그녀는 그 옷을 입곤 했는데, 수없이 빨았는데도 젖내와 배냇내가 맡아지는 것 같은 안도감 때문이었다. 그러나 이번에는 효력이 없었다. 흉통은 차츰 심해졌다. 숨이 가빠왔으므로 그녀는 계속해서 심호흡을 해야 했다.

그녀는 소파에 비스듬히 걸터앉았다. 둥글게 돌고 있는 시계 초침을 눈으로 따라가며 호흡을 진정시키려 했다. 그러나 뜻대로 되지 않았다. 문득 그녀는 이 순간을 수없이 겪은 듯한 기시감을 느꼈다. 고통에 찬 확신이 마치 오래 준비된 것처럼, 이 순간만을 기다리고 있었던 것처럼 그녀의 앞에 놓여 있었다.

이 모든 것은 무의미하다.

더이상은 견딜 수 없다.

더 앞으로 갈 수 없다.

가고 싶지 않다.

그녀는 다시 한번 집 안의 물건들을 둘러보았다. 그것들은 그녀의 것이 아니었다. 그녀의 삶이 자신의 것이 아니었던 것과 꼭 같았다.

봄날 오후의 국철 승강장에 서서 죽음이 몇달 뒤로 다가와 있다고 느꼈을 때, 몸에서 끝없이 새어나오는 선혈이 그것을 증거한다고 믿었을 때 그녀는 이미 깨달았었다. 자신이 오래전부터 죽어 있었다는 것을. 그녀의 고단한 삶은 연극이나 유령 같은 것에 지나지 않았다는 것을. 그녀의 곁에 나란히 선 죽음의 얼굴은 마치 오래전에 잃었다가 돌아온 혈육처럼 낯익었다.

마치 추운 듯 떨려오는 몸을 일으켜 그녀는 장난감을 놓아두는 방의 문으로 다가갔다. 지난 일주일 동안 저녁마다 지우와 함께 장식해 걸어놓은 모빌을 떼어낸 뒤 끈을 풀기 시작했다. 단단히 묶어두었기 때문에 손가락 끝이 아팠지만, 참을성있게 마지막 매듭을 풀어냈다. 장식했던 별 모양의 색종이와 셀로판지를 차곡차곡 모아 바구니에 정리한 뒤, 끈을 말아 바지주머니에 넣었다.

그녀는 맨발에 샌들을 꿰어신었다. 육중한 현관문을 밀어 열고 나갔다. 오층의 계단을 걸어내려갔다. 바깥은 아직 어두웠다. 거대한 아파트 건물은 두어 점의 불빛만을 밝히고 있었다. 그녀는 계속해서 걸어갔다. 아파트 뒤편의 쪽문을 지나 뒷산으로, 어둡고 좁다란 길을 밟아 올랐다.

검푸른 어둠 때문에 뒷산은 평소보다 깊게 느껴졌다. 새벽부터 약수를 뜨러 다니는 부지런한 노인들도 아직 잠든 시각이었다. 고개를 수그린 채 그녀는 걷고, 또 걸었다. 땀인지 눈물인지 알 수 없는 것으로 뒤범벅이 된 얼굴을 손등으로 묵묵히 문질렀다. 자신을 집어삼키는 구멍 같은 고통을, 격렬한 두려움을, 거기 동시에 배어든 이상한 평화를 그녀는 느꼈다.

*

　시간은 멈추지 않는다.

　그녀는 의자로 돌아온다. 마지막 남은 밀폐용기의 뚜껑을 연다. 동생의 빳빳한 손을 억지로 끌어 매끄러운 자두들의 껍질을 어루만지게 한다. 앙상한 손가락들을 둥글게 말아, 그중 하나를 쥐게 한다.

　자두 역시 영혜가 좋아하는 과일이었던 것을 그녀는 잊지 않았다. 언젠가, 어린 영혜가 씹지 않고 입 안에서 굴리며 감촉이 좋다고 말했던 기억이 있다. 그러나 지금 영혜의 손은 반응이 없다. 영혜의 얇아진 손톱이 마치 종이 같다고 그녀는 느낀다.

　영혜야.

　고요한 병실에 울리는 그녀의 음성은 메말라 있다. 어떤 대답도 들리지 않는다. 그녀는 영혜의 얼굴에 바싹 얼굴을 댄다. 그 찰나 거짓말처럼 영혜의 눈꺼풀이 열린다.

　영혜야!

　그녀는 동생의 텅 빈 검은 눈을 들여다본다. 그녀의 얼굴이 비쳐 있을 뿐이다. 놀란 만큼의 실망에 그녀는 맥이 풀린다.

……미친 거니, 너 정말 미친 거야.

지난 수년 동안 자신이 결코 믿을 수 없었던 그 질문을, 그녀는 처음으로 영혜에게 던진다.

……네가 정말 미친 거니.

그녀는 알지 못할 두려움을 느끼며 동생으로부터 주춤 물러나 앉는다. 숨소리도 들리지 않는 병실의 정적이 물먹은 솜처럼 그녀의 귀를 틀어막는다.

어쩌면……

침묵을 깨고 그녀는 중얼거린다.

……생각보다 간단한 건지도 몰라.

그녀는 망설이며 잠시 말을 끊는다.

미친다는 건, 그러니까……

그녀는 더이상 말을 잇지 않는다. 대신 팔을 뻗어 동생의 인중에 집게손가락을 얹는다. 가느다랗고 따스한 숨이 느리게, 그러나 규칙적으로 그녀의 손가락을 간지럽힌다. 그녀의 입술이 미세히 경련한다.

지금 그녀가 남모르게 겪고 있는 고통과 불면을 영혜는 오래전에, 보통의 사람들보다 빠른 속력으로 통과해,

거기서 더 앞으로 나아간 걸까. 그러던 어느 찰나 일상
으로 이어지는 가느다란 끈을 놓아버린 걸까. 잠을 이루
지 못한 지난 석달 동안 그녀는 이따금 혼란 속에서 생
각해왔다. 지우가 아니라면—그애가 지워준 책임이 아
니라면—자신 역시 그 끈을 놓쳐버릴지도 모른다고.

　다만 기적처럼 고통이 멈추는 순간은 웃고 난 다음이
다. 지우가 어떤 말이나 행동으로 그녀를 웃기고, 그녀
는 문득 멍해진다. 어떨 때는 자신이 웃었다는 사실이
믿기지 않아 더 웃기도 했다. 그럴 때 그녀의 웃음은 즐
거움이라기보다 혼돈에 가까울 테지만, 지우는 그렇게
그녀가 웃는 모습을 좋아한다.

　이렇게? 이렇게 해서 엄마가 웃었어?

　지우는 그때부터 조금 전의 행동을 반복하기 시작한
다. 입을 뾰족하게 모으고 이마에 뿔을 만든다든가, 콰
당 넘어지는 시늉을 한다든가, 두 다리 사이로 얼굴을
끼우고는 "엄마, 어엄마" 하고 우스꽝스러운 억양으로
익살을 부린다. 그녀가 웃을수록 지우는 익살의 강도를
높인다. 마침내는 언젠가 통했다고 기억되는 모든 웃음
의 비법들을 동원한다. 어린아이의 그런 필사적인 노력

이 오히려 그녀에게 죄책감을 일으켜, 그녀의 웃음이 결국 흐려져버린다는 것을 지우가 알 리 없다.

산다는 것은 이상한 일이라고, 그 웃음의 끝에 그녀는 생각한다. 어떤 일이 지나간 뒤에라도, 그토록 끔찍한 일들을 겪은 뒤에도 사람은 먹고 마시고, 용변을 보고, 몸을 씻고 살아간다. 때로는 소리내어 웃기까지 한다. 아마 그도 지금 그렇게 살아가고 있을 거라는 생각이 들 때, 잊혀졌던 연민이 마치 졸음처럼 쓸쓸히 불러일으켜지기도 한다.

그러나 아이의 단내 나는 작은 몸뚱이가 곁에 눕고, 아직 죄지어보지 않은 어린 얼굴이 곤한 잠에 들고 나면 어김없이 밤은 다시 시작된다.

아직 어두운 새벽, 지우가 깨어나기 전까지의 서너시간. 어떤 살아 있는 것의 기척도 들리지 않는 시간. 영원처럼 길고, 늪처럼 바닥이 없는 시간. 빈 욕조에 웅크려 누워 눈을 감으면 캄캄한 숲이 덮쳐온다. 검은 빗발이 영혜의 몸에 창처럼 꽂히고, 깡마른 맨발이 진흙에 덮인다. 그 모습을 지우려고 고개를 흔들면, 어째서인지 한낮의 여름 나무들이 마치 초록빛의 커다란 불꽃들처럼 그녀의 눈앞에 어른거린다. 영혜가 들려준 환상 때문일까. 살아오는 동안 보았던 무수한 나무들, 무정한 바다처럼 세상을 뒤덮은 숲들의 물결이 그녀의 지친 몸을 휩싸며 타오른다. 도시들과 소읍들과 도로는 크고작은 섬과 다리들처럼 그 위로 떠올라 있을 뿐, 그 뜨거운 물결에 밀려 어디론가 서서히 떠내려가고 있을 뿐이다.

그녀는 알 수 없다. 그것들의 물결이 대체 무엇을 말하는지. 그 새벽 좁다란 산길의 끝에서 그녀가 보았던, 박명 속에서 일제히 푸른 불길처럼 일어서던 나무들은 또 무슨 말을 하고 있었는지.

그것은 결코 따뜻한 말이 아니었다. 위안을 주며 그녀를 일으키는 말도 아니었다. 오히려 무자비한, 무서울 만큼 서늘한 생명의 말이었다. 어디를 둘러보아도 그녀는 자신의 목숨을 받아줄 나무를 찾아낼 수 없었다. 어떤 나무도 그녀를 받아들이려 하지 않았다. 마치 살아 있는 거대한 짐승들처럼, 완강하고 삼엄하게 온몸을 버티고 서 있을 뿐이었다.

시간은 멈추지 않는다.

그녀는 모든 밀폐용기의 뚜껑을 닫는다. 보온병부터 차례로 가방에 챙겨넣는다. 가방의 지퍼를 끝까지 닫는다.

저 껍데기 같은 육체 너머, 영혜의 영혼은 어떤 시공간 안으로 들어가 있는 걸까. 그녀는 꼿꼿하게 물구나무 서 있던 영혜의 모습을 떠올린다. 영혜는 그곳이 콘크리트 바닥이 아니라 숲 어디쯤이라고 생각했을까. 영혜의 몸에서 검질긴 줄기가 돋고, 흰 뿌리가 손에서 뻗어나와 검은 흙을 움켜쥐었을까. 다리는 허공으로, 손은 땅속의 핵으로 뻗어나갔을까. 팽팽히 늘어난 허리가 온힘으로 그 양쪽의 힘을 버텼을까. 하늘에서 빛이 내려와 영혜의 몸을 통과해 내려갈 때, 땅에서 솟아나온 물은 거꾸로 헤엄쳐 올라와 영혜의 샅에서 꽃으로 피어났을까. 영혜가 거꾸로 서서 온몸을 활짝 펼쳤을 때, 그애의 영혼에서는 그런 일들이 일어나고 있었을까.

하지만 뭐야.

그녀는 소리내어 말한다.

넌 죽어가고 있잖아.

그녀의 목소리가 커진다.

그 침대에 누워서, 사실은 죽어가고 있잖아. 그것뿐이

잖아.

그녀는 입술을 악문다. 피가 비칠 만큼 이의 힘이 세어진다. 영혜의 무감각한 얼굴을 움켜쥐고 싶은 충동을, 허깨비 같은 몸뚱이를 세차게 흔들고, 패대기치고 싶은 충동을 그녀는 억누른다.

이제는 더이상 시간이 남아 있지 않다.

그녀는 가방을 메고 의자를 밀어넣는다. 허리를 앞으로 수그린 채 병실을 빠져나온다. 고개를 돌리자, 뻣뻣이 굳은 영혜의 몸이 여전히 침대시트 아래 누워 있다. 그녀는 좀전보다 세차게 이를 악문다. 로비를 향해 걸음을 내딛는다.

*

단발머리의 간호사가 희고 자그마한 플라스틱 바구니를 들고 로비의 탁자 앞에 나가 앉는다. 바구니에는 여러 종류의 손톱깎이가 들어 있다. 환자들이 줄을 서서 손톱깎이를 하나씩 받아간다. 저마다 좋아하는 것이 따로 있는지, 고르는 데 많은 시간이 소요된다. 한쪽에서는 머리를 묶은 간호조무사가 치매환자들의 손톱을 차례로 깎아준다.

그녀는 조용히 그 광경을 바라보며 서 있다. 뾰족하여 상처를 입힐 수 있는 것, 긴 줄의 형태여서 목을 조를 수 있는 것은 병원에서 금기다. 타인에게 해를 입힐 수 있어서이기도 하지만, 그보다는 자신을 해칠 것이 염려되기 때문이다. 주어진 시간 안에 손톱깎이를 반납하기 위해 저마다 자신의 손에 골몰해 있는 환자들의 얼굴을 그녀는 건너다본다. 벽에 걸린 시계는 두시 오분을 가리키고 있다.

의사의 흰 가운이 유리문에 어른거리는가 싶더니 로비의 출입문이 열린다. 영혜의 담당의다. 그는 뒤돌아서서 익숙한 동작으로 문을 잠근다. 어느 큰병원이든 마찬가지겠지만, 정신병원에서 전문의의 권위는 더욱 특별해 보인다. 아마 환자들이 감금되어 있기 때문일 것이다. 흡사 구세주를 발견한 듯 환자들이 우르르 몰려들어 의사를 에워싼다.

선생님, 잠깐만요. 제 집사람이랑 통화해보셨나요?

퇴원해도 좋다고 선생님이 한말씀만 해주시면……

중년의 남자 환자가 미리 준비해둔 쪽지를 의사의 가운 주머니에 밀어넣는다.

제 집사람 전화번홉니다. 저, 한번만 전화를 해주시면……

중년남자의 말을 가로막으며 치매로 보이는 노인 환자가 끼어든다.

선생님, 약 좀 바꿔주시오. 자꾸만 귀에서 우웅…… 소리가 난단 말이오.

그사이, 예의 피해망상증 여자 환자가 의사에게 다가가 소리치기 시작한다.

선생님, 저랑 얘기 안 하실 거예요? 저 사람이 때려서 살 수가 없어요. 아니, 왜 이러세요? 왜 발로 차고 그러세요? 말로 하시라구요.

의사는 직업적인 느긋한 미소로 여자를 달랜다.

제가 언제 발로 찼다는 겁니까. 잠깐만요, 이분하고 얘기 좀 먼저 하구요. 언제부터 귀에서 소리가 나기 시작했지요?

쿵, 쿵 소리를 내며 한발을 구르면서 기다리는 동안,

여자의 찡그린 얼굴은 난폭함보다는 비참함과 불안을
드러내고 있다.

그때 다시 로비 문이 열리며 처음 보는 의사가 들어
온다.

내과 선생님이에요.

어느 틈에 그녀의 곁에 와 있었는지 희주씨가 귀띔해
준다. 정신병원마다 한명씩 상주하게 되어 있다는 내과
의사인 모양이다. 동안인지 퍽 젊어 보이는, 차갑지만
영민해 보이는 인상의 남자다. 마침내 환자들을 떼어낸
영혜의 담당의가 탁탁탁, 발소리를 내며 그녀에게 다가
온다. 자신도 모르게 그녀는 주춤 뒤로 물러선다.

얘기해보셨습니까?

……제가 보기엔 의식이 없는 것 같았어요.

외견상으론 그렇게 보이지만, 모든 근육이 빳빳하게
긴장돼 있어요. 의식을 놓고 있는 게 아니라 오히려 의
식을 어딘가에 집중하고 있는 겁니다. 그 상태를 억지로
깨뜨릴 때의 반응을 보시면, 완전히 깨어 있었다는 걸
아실 겁니다.

의사의 태도는 진지하고, 조금 긴장되어 보인다.

가족으로서 지켜보기 어려울 수도 있습니다. 도움이
되기 어렵다고 판단되시면 빨리 피해 계시는 편이 나을
겁니다.

알겠습니다, 하지만.

그녀는 대답한다.

괜찮을 것 같아요.

몸부림치는 영혜를 어깨에 들쳐멘 보호사가 복도를
걸어와 비어 있는 2인용 병실로 들어간다. 의료진을 따
라 그녀도 그 방으로 들어간다. 의사의 말이 맞았다. 영
혜의 의식은 분명하게 깨어 있다. 그토록 꼼짝 않고 누
워 있었다는 사실이 믿기지 않을 만큼 영혜의 몸짓은 크
고 거칠다. 태반은 알아들을 수 없는 고함이 목구멍에서
터져나온다.

……놔아! ……놔아아!

발버둥치는 영혜를 두 명의 보호사와 간호조무사가
달려들어 침대에 눕힌다. 두 팔과 두 다리를 묶는다.

나가 있으세요.

머뭇거리며 서 있는 그녀에게 수간호사가 말한다.

가족은 보기 어려워요. 나가 있으세요.

순간 영혜의 눈이 그녀를 향해 빛난다. 고함이 격렬해진다. 분절되지 않은 말들이 쏟아져나온다. 묶인 사지를 버둥거리며, 영혜는 마치 강박을 끊고 그녀에게 달려들려는 것 같다. 그녀는 자신도 모르게 영혜에게 다가간다. 뼈만 남은 영혜의 가느다란 팔이 꿈틀거린다. 입에 흰 거품이 물린다.

싫……어……!

처음으로, 분명한 발음으로 영혜가 고함을 지른다. 흡사 짐승 같은 소리다.

싫……어……! 먹기 싫……어……!

그녀는 영혜의 경련하는 뺨을 두 손으로 감싸안는다.

영혜야. 영혜야!

공포에 지질린 영혜의 눈빛이 그녀의 눈을 할퀸다.

나가세요. 오히려 방해만 되잖아요.

보호사들이 그녀의 겨드랑이를 잡고 일으킨다. 저항할 틈도 없이 열린 문밖으로 밀어낸다. 밖에 서 있던 간호사가 그녀의 팔을 이끈다.

여기 있으세요. 그쪽 때문에 더 흥분하고 있어요.

영혜의 담당의가 장갑을 낀다. 수간호사가 내민 튜브를 받아들고, 가늘고 긴 튜브에 고루 젤리를 바른다. 그 사이 보호사가 두 손으로 온힘을 다해 영혜의 얼굴을 고정시킨다. 튜브가 가까이 오자 영혜의 얼굴이 시뻘겋게 달아오르며 보호사의 손을 뿌리친다. 보호사의 말대로다. 어디서 저런 힘이 나오는지 알 수 없다. 그녀는 자신도 모르게 앞으로 발을 내딛는다. 간호사가 그녀의 팔을 붙잡아 제지한다. 마침내 보호사의 억센 두 손아귀에 영혜의 움푹 꺼진 두 뺨이 잡힌다. 그 틈에 담당의는 튜브를 영혜의 코에 집어넣는다.

젠장, 또 막혔어!

담당의가 탄식하듯 외친다. 영혜가 목젖으로 식도를 막아, 입술을 비집고 튜브가 밀려나온 것이다. 맑은 미음을 주사기로 튜브에 흘려넣으려 기다리던 내과의사가 이마에 주름을 만든다. 담당의는 영혜의 코에서 튜브를 뽑아낸다.

자, 한번 더 해봅시다. 이번엔 더 빨리.

다시 튜브에 젤리가 발라진다. 다시 발버둥치는 영혜의 얼굴을 건장한 체격의 보호사가 짓누른다. 튜브가 영혜의 코에 꽂힌다.

됐어. 이제 됐어.

의사의 입에서 짧은 한숨이 새어나온다. 내과의사의
손이 민첩해진다. 주사기로 미음을 흘려넣기 시작한다.
그녀의 팔을 잡고 있던 간호사가 손에 힘을 주고는 그녀
에게 속삭인다.

됐어요. 성공이에요. 이제 잠을 재울 거예요. 토할 수
도 있으니까.

수간호사가 진정제 주사를 꺼내는 순간, 갑자기 간호
조무사의 입에서 날카로운 비명이 터진다. 그녀는 잡혔
던 팔을 뿌리치고 침상으로 뛰쳐나간다.

비켜요, 다 비켜요!

그녀는 담당의의 어깨를 젖히고 영혜 앞에 선다. 튜브
를 잡고 있던 간호조무사의 얼굴은 피투성이다. 선혈은
튜브에서, 영혜의 입에서 연이어 솟구쳐나온다. 주사기
를 든 내과의가 뒷걸음질친다.

이거 빼요. 이 줄 빨리 빼라구요!

자신도 모르게 새된 고함을 지르는 그녀의 어깨를 보
호사가 틀어쥐고 끌어낸다. 그사이, 담당의가 몸부림치

는 영혜의 코에서 긴 튜브를 뽑아낸다.

가만히, 가만히 있어요! 가만히!

담당의가 영혜에게 고함을 지른다.

진정제!

수간호사가 주사기를 들어 건네려 한다.

하지 마……!

보고 있던 그녀가 울부짖듯 외마디 고함을 지른다.

그만! 하지 마! 하지 마세요!

그녀는 보호사의 팔을 물어뜯고 다시 앞으로 뛰쳐나
간다.

뭐야, 씨팔!

보호사의 입에서 신음 섞인 욕설이 터져나온다. 그녀
는 내처 달려가 영혜의 몸을 껴안는다. 영혜가 왈칵왈칵
토해낸 더운 피가 그녀의 블라우스를 적신다.

제발 그만해요. 그만 좀……

그녀는 주사기를 든 수간호사의 손목을 움켜잡는다.
조용히, 자신의 품에서 영혜의 몸뚱이가 경련하는 것을
느낀다.

소매를 걷은 의사의 흰 가운 가득 점점이 영혜의 피가 튀어 있다. 얼핏 커다란 소용돌이를 연상시키는 그 무늬를 그녀는 멍하게 바라본다.

당장 큰병원으로 옮겨야겠습니다. 서울로 가십시오. 위출혈 문제가 해결되면 그 병원에서 목혈관으로 단백질주사를 맞아야 합니다. 그것도 오래갈 수는 없겠지만, 생명을 연장하려면 그 길뿐이에요.

그녀는 방금 출력된 의뢰서를 받아 가방에 넣고 간호사실을 빠져나온다. 화장실에 들어서자마자 단단히 힘을 주고 있던 다리를 변기 앞에 무너뜨린다. 조용히, 그녀는 토하기 시작한다. 뿌연 차와 함께 노란 위액이 나온다.

바보같이.

세면대 앞에서 얼굴을 씻으며, 그녀는 떨리는 입술로 바보같이,라고 되뇐다.

기껏 해칠 수 있는 건 네 몸이지. 네 뜻대로 할 수 있는 유일한 게 그거지. 그런데 그것도 마음대로 되지 않지.

고개를 들자, 거울에 비친 그녀의 얼굴이 물에 젖어 있다. 수없이 꿈에서 피를 흘렸던 여자의 눈이다. 아무리 손을 들어 씻어내도 그 피를 닦을 수 없었던 눈이다. 그러나 지금 그 여자의 얼굴은 울고 있지 않다. 언제나 그래왔듯, 어떤 감정도 드러내지 않은 채 그녀를 말없이 되바라보고 있을 뿐이다. 좀전에 그녀의 귀를 찢었던 울부짖음은 자신의 것이라고 믿기지 않을 만큼 생경했다고 그녀는 생각한다.

마치 술에 취한 듯 복도가 흔들린다. 중심을 잡으려 안간힘을 다하며 그녀는 로비를 향해 걷는다. 문득 햇빛이 들어, 우중충하던 로비가 반짝 환해진다. 오래만의 햇빛이다. 빛에 민감한 환자들이 동요한다. 술렁이며 창 쪽으로 환자들이 다가가는 사이 평상복 차림의 여자 환자가 그녀 쪽으로 걸어온다. 그녀는 눈을 가늘게 뜬다. 어지럼치는 시야 가운데 서 있는 여자의 얼굴을 식별하려 애쓴다. 희주씨다. 다시 울었는지 눈의 흰자위가 붉다. 원래 정이 많은 것일까. 아니면 감정의 기복이 심한 환자이기 때문일까.

어떡해요, 영혜. 지금 가면……

그녀는 희주씨의 손을 잡는다.

그동안 고마웠어요.

문득 그녀는 손을 뻗어, 이 울고 있는 여자의 다부진 어깨를 끌어안고 싶은 충동을 느낀다. 그러나 그녀는 그렇게 하지 않는다. 대신 창 너머를 애타게 바라보는 환자들에게 눈을 돌린다. 넋이 풀린 그들의 간절한 시선은 마치 창 너머로 걸어나가고 싶어하는 것 같다. 그들은 여기 갇혀 있는 것이다. 이 여자가 그렇듯이. 영혜가 그랬듯이. 그녀가 이 여자를 안지 않은 것은, 영혜를 이곳에 가둔 사람이 바로 자신이었다는 사실을 잊지 않았기 때문이다.

동쪽 복도에서 빠른 발소리가 들린다. 들것에 실린 영혜를 두 명의 보호사가 잰걸음으로 들고 나오고 있다. 좀전에 간호조무사와 그녀가 급히 씻긴 뒤 옷을 갈아입혀, 눈을 감은 영혜의 깨끗한 얼굴은 목욕을 마치고 단잠에 든 아기 같다. 희주씨의 거친 손이 영혜의 뼈만 남은 손을 거머쥐기 위해 뻗어나가는 것을, 그녀는 고개를 돌려 외면한다.

*

운전석 너머 구급차의 앞유리로 울창한 여름숲이 펼쳐진다. 오후의 기우는 햇빛 아래, 비에 젖었던 모든 나뭇잎들이 다시 태어난 듯 맹렬히 반짝이고 있다.

그녀는 아직 물기가 마르지 않은 영혜의 머리칼을 귀 뒤로 쓸어넘긴다. 희주씨의 말대로 영혜의 몸은 가벼웠다. 어린아이 같은 잔 솜털에 덮인 피부가 희고 매끄러웠다. 척추뼈가 하나하나 튀어나온 등에 비누를 바르며, 그녀는 무수히 동생과 함께 목욕했던 어린시절을, 등을 밀어주고 머리를 감겨주던 저녁들을 기억했다.

마치 그때로 돌아간 듯 가늘고 힘이 없어진 영혜의 머리칼을 그녀는 어루만진다. 아직 지우가 강보에 싸여 있을 때의 머리칼 같다고 생각한 순간, 아이의 작은 손가락들이 눈썹을 스친 것 같아 그녀는 막막해진다.

그녀는 가방 안주머니에서 휴대폰을 꺼낸다. 종일 꺼두었던 전원을 켜고 옆집 여자의 전화번호를 누른다.

저 지우엄마예요…… 친척 때문에 병원에 들렀다가…… 네, 사정이 갑자기…… 아니요, 다섯시 오십분에 아파트 정문 앞에 어린이집 버스가 오거든요. ……네, 거의 정확한 시간에 내려줘요. ……아주 늦진 않을 거예요. 늦게 되면 지우를 데리고 다시 병원으로 가든지 해야죠. 어떻게 거기서 재워요…… 정말 고마워요…… 제 전화번호 있으시죠? ……이따가 다시 전화할게요.

휴대폰의 폴더를 접으며, 그녀는 누군가에게 지우를 부탁하는 것이 오랜만이라는 사실을 깨닫는다. 그가 떠난 후로는 반드시 저녁과 주말 시간을 아이와 보낸다는 원칙을 지켜왔던 것이다.

그녀는 이마에 깊은 주름을 만든다. 갑작스럽게 밀려오는 졸음을 느끼며 차창에 등을 기댄다. 눈을 감은 채 그녀는 생각한다.

지우는 곧 자랄 것이다. 혼자서 글을 읽고 사람들을 접할 것이다. 언젠가는 입에서 입으로 전해져 아이의 귀에 들어갈 그들의 일을 그녀는 어떻게 설명해줄 수 있을까. 천성이 예민하며 병치레가 잦긴 하지만, 아이는 지금까지 비교적 밝은 성격으로 자라왔다. 그녀는 그것을 계속 지켜갈 수 있을까.

그녀는 덩굴처럼 알몸으로 얽혀 있던 두 사람의 모습

을 떠올린다. 그것은 분명히 충격적인 영상이었지만, 이상하게도 시간이 흐를수록 성적인 것으로 기억되지 않았다. 꽃과 잎사귀, 푸른 줄기들로 뒤덮인 그들의 몸은 마치 더이상 사람이 아닌 듯 낯설었다. 그들의 몸짓은 흡사 사람에서 벗어나오려는 몸부림처럼 보였다. 그는 무슨 마음으로 그런 테이프를 만들고 싶어했을까. 그 기묘하고 황량한 영상에 자신의 전부를 걸고, 전부를 잃었을까.

……엄마 사진이 바람에 날아갔어. 하늘을 봤더니, 응, 새가 날아가고 있었는데, 새한테서 '엄마다……' 소리가 들렸어. 응, 새 몸에서 손이 두개 나오구.

오래전, 아직 말이 서툴던 지우가 잠 덜 깬 눈을 가늘게 뜨며 했던 말이다. 눈물이 나오려 할 때 아이가 짓곤 하는 특유의 흐릿한 웃음에 그녀는 놀랐다.

그런데 그게 왜, 슬픈 꿈이야?

이부자리에 누운 채 지우는 주먹으로 눈시울을 문질렀다.

새가 어떻게 생겼는데? 무슨 색이야?

하얀색…… 응, 예쁘게 생겼어.

훅, 숨을 들이켠 아이가 그녀의 품에 얼굴을 묻었다. 그녀를 웃기기 위해 지나치게 애쓸 때와 마찬가지로 그녀를 막막하게 하는 울음이었다. 아이는 자신의 요구를 관철시키려는 것도, 도움을 청하려는 것도 아니다. 다만 슬픔을 느끼기 때문에 소리없이 우는 것이다. 달래듯 그녀는 말했다.

그러니까, 그게 엄마새였구나.

지우는 그녀의 가슴에 묻은 고개를 끄덕였다. 그녀는 두 손으로 아이의 얼굴을 감싸올렸다.

봐, 엄만 여기 있잖아. 하얀 새로 변신하지 않았지?

강아지처럼 젖은 아이의 얼굴에 어렴풋이 미소가 어렸다.

……거봐, 그냥 꿈인걸.

정말 그럴까, 그 순간 그녀는 숨죽여 의문했다. 꿈일 뿐, 우연의 일치일 뿐일까. 박명 속으로 일어서는 뒷산의 나무들에게서, 바랜 보라색 티셔츠 차림의 그녀가 뒷걸음질쳐 내려왔던 그 아침이었다.

그냥 꿈이야.

그날의 지우의 얼굴이 떠오를 때마다 그녀가 소리내어 내뱉는 말이다. 자신의 목소리에 놀라 그녀는 두 눈을 홉뜨고 황황히 좌우를 살핀다. 구급차는 비탈진 도로를 여전히 빠르게 달려내려가고 있다. 오래 손질하지 못한 머리칼을 쓸어올리는 그녀의 손이 눈에 보이게 떨린다.

그녀는 설명할 수 없다. 어떻게 자신이 그렇듯 쉽게 아이를 버리려 할 수 있었는지. 자신에게도 납득시킬 수 없을 잔인한 무책임의 죄였으므로, 누군가에게 고백할 수도, 용서를 구할 수도 없다. 다만 소름끼칠 만큼 담담한 진실의 감각으로 느낄 뿐이다. 그와 영혜가 그렇게 경계를 뚫고 달려나가지 않았다면, 모든 것을 모래산처럼 허물어뜨리지 않았다면, 무너졌을 사람은 바로 그녀였을지도 모른다는 것을. 다시 무너졌다면 돌아오지 못했으리라는 것을. 그렇다면, 오늘 영혜가 토한 피는 그녀의 가슴에서 터져나왔어야 할 피일까.

으음, 소리를 내며 영혜가 깨어나려 한다. 피를 다시 토할까봐 그녀는 급히 손수건을 꺼내 영혜의 입가에 댄다.

……으으음.

영혜는 피를 토하는 대신 눈을 뜬다. 검은 눈동자가 똑바로 그녀를 바라본다. 저 눈 뒤에서 무엇이 술렁거리고 있을까. 어떤 공포, 어떤 분노, 어떤 고통이, 그녀가 모르는 어떤 지옥이 도사리고 있을까.

영혜야.

메마른 음성으로 그녀는 동생을 부른다.

……으음, 음.

그녀의 부름에 대답하려는 것이 아니라, 결코 대답하지 않겠다는 저항인 듯 영혜는 고개를 외튼다. 그녀는 떨리는 손을 뻗었다가 이내 거둔다.

그녀는 입술을 악문다. 불현듯 그날 새벽 걸어내려오던 산길이 떠올랐기 때문이다. 샌들을 적신 이슬이 맨발에 차갑게 스몄었다. 그녀는 눈물 따위 흘리지 않았다. 이해할 수 없었기 때문이다. 너덜너덜한 몸뚱이를 적시는, 바싹 마른 혈관으로 퍼지는 그 차가운 물기가 무엇을 말하려 하는지 결코 알 수 없었기 때문이다. 그 모든 것이 다만 그녀의 몸속으로, 뼛속까지 스며들었을 뿐이다.

……이건 말이야.

그녀는 문득 입을 열어 영혜에게 속삭인다. 덜컹, 도로가 파인 자리를 지나며 차체가 흔들린다. 그녀는 두 손에 힘을 주어 영혜의 어깨를 붙든다.

……어쩌면 꿈인지 몰라.

그녀는 고개를 수그린다. 무언가에 사로잡힌 사람처럼, 영혜의 귓바퀴에 입을 바싹 대고 한마디씩 말을 잇는다.

꿈속에선, 꿈이 전부인 것 같잖아. 하지만 깨고 나면 그게 전부가 아니란 걸 알지…… 그러니까, 언젠가 우리가 깨어나면, 그때는……

그녀는 고개를 든다. 구급차는 축성산을 벗어나는 마지막 굽잇길을 달려나가고 있다. 솔개로 보이는 검은 새가 먹구름장을 향해 날아오르는 것이 보인다. 쏘는 듯한 여름햇살이 눈을 찔러, 그녀의 시선은 그 날갯짓을 더 따라가지 못한다.

조용히, 그녀는 숨을 들이마신다. 활활 타오르는 도로변의 나무들을, 무수한 짐승들처럼 몸을 일으켜 일렁이는 초록빛의 불꽃들을 쏘아본다. 대답을 기다리듯, 아니, 무엇인가에 항의하듯 그녀의 눈길은 어둡고 끈질기다.

작가의 말

이 책의 개정판이 출간된다는 소식을 듣고 가장 먼저
떠오른 것은 그해 가을과 겨울 밤들의 감각이었다. 몸이
회복된다면 쓰고 싶은 소설들의 목록을 (희망 없이) 마
음속으로 굴리던 밤들. 그때 『채식주의자』는 이미 3부로
구성된 장편소설이었고, 지금과 같거나 거의 비슷한 제
목들이 붙어 있었다. 그후 삼년이 흐른 뒤 첫머리를 쓰
기 시작해 다시 이태 뒤에 완성할 수 있었다. 마지막에
「나무 불꽃」을 쓰면서 '고통 3부작'이라는 파일명을 붙
였던 기억이 난다.

출간 후 십오년의 시간이 세찬 물살처럼 흐르는 동안,
고백하자면 이 책에 복잡한 감정을 품고 있었다. 세간의

관심도 오해도 뜨겁고 날카로워, 혼자서 이 소설을 써가던 순간들의 진실과 동떨어진 것이 되어버린 듯 느낀 때도 있었다. 하지만 귀밑머리가 희어지고 어느 때보다 머리가 맑은 지금, 나에게는 이 소설을 껴안을 힘이 있다. 여전히 생생한 고통과 질문으로 가득 찬 이 책을.

개정판을 만들어주신 분들께,
새롭게 만나게 될 독자들께 고맙고 반가운 인사를 드린다.

2022년 이른 봄에
한강

*

10년 전의 이른 봄, 「내 여자의 열매」라는 단편소설을
썼다. 한 여자가 아파트 베란다에서 식물이 되고, 함께
살던 남자는 그녀를 화분에 심는 이야기였다. 언젠가 그
변주를 쓰고 싶다는 생각을 그때 했다. 10년 전의 내가
짐작했던 것과는 꽤 다른 모습이 되었지만, 이 소설이
출발한 것은 그곳에서였다.

2002년 겨울부터 2005년 여름까지 이 세 편의 중편소
설을 썼다. 따로 있을 때는 저마다의 이야기를 하고 있
는 것처럼 보이지만, 합해지면 그중 어느 것도 아닌 다
른 이야기 — 정말 하고 싶었던 이야기 — 가 담기는 장

편소설이다. 이제 제자리에 차례를 맞추어 놓을 수 있게 되었다.

길었던 매듭이 지어지는 느낌이다.

*

「채식주의자」와 「몽고반점」은 컴퓨터 대신 손으로 썼다. 손가락의 관절들이 아팠기 때문이다. 키가 크고 눈이 맑은 여학생 Y가 타이핑 아르바이트를 해주었다. 인쇄를 해오면 여백을 이용해 고치고, 그것을 다시 타이핑해달라고 부탁하는 일의 반복은 인내를 요했다.

하지만 그나마 손으로 쓸 수 있을 때가 좋았다는 것을 곧 알게 되었다. 백지 한 장을 채우기 전에 손목이 아파 계속할 수 없게 되자, 더이상 할 수 있는 일이 없었다. 음성인식컴퓨터? 손끝을 대면 전기자극으로 작동되는 키보드를 주문 제작하는 일? 눈물도 나오지 않을 만큼 나는 지쳐버렸다.

볼펜을 거꾸로 잡고 자판을 두드릴 수 있겠다는 생각

을 한 것은 그렇게 2년 가까운 자포자기의 시간을 보낸 뒤였다. '「진기명기」 같은 프로에 나가도 되겠다'고 동생이 말할 만큼 익숙해지자 혼자 힘으로 작업할 수 있었다. 「나무 불꽃」은 그렇게 썼다.

다시 2년의 시간이 지난 지금, 다행히 이 글은 노트북 컴퓨터의 키보드를 열 손가락으로 두드려 쓰고 있다. 만의 하나 다시 손을 앓게 되더라도 예전처럼 부대끼지는 않을 것이다. 단련된다는 것, 감사한다는 것의 의미를 이제 조금은 알 것 같다.

*

어리석고 캄캄했던 어느 날에, 버스를 기다리다 무심코 가로수 밑동에 손을 짚은 적이 있다. 축축한 나무껍질의 감촉이 차가운 불처럼 손바닥을 태웠다. 가슴이 얼음처럼, 수없는 금을 그으며 갈라졌다. 살아 있는 것과 살아 있는 것이 만났다는 것을, 이제 손을 떼고 더 걸어가야 한다는 것을, 어떻게도 그 순간 부인할 길이 없었다.

이젠 여학생이 아닐 Y에게,

병원을 취재할 수 있게 해준 분들께,

비디오 작업의 세부를 가르쳐준 분들께,

도움을 베풀어준 분들,

굳건히 지켜보아준 이들께,

창비 편집부의 여러분께

머리 숙여 감사드린다.

2007년 가을

韓 江

| 수록작품 발표 지면 |

채식주의자 …『창작과비평』2004년 여름호

몽고반점 …『문학과사회』2004년 가을호

나무 불꽃 …『문학 판』2005년 겨울호